"十三五"国家重点图书出版规划项目

《西方古典学研究》编辑委员会

主　编：黄　洋（复旦大学）
　　　　高峰枫（北京大学）

编　委：陈　恒（上海师范大学）
　　　　李　猛（北京大学）
　　　　刘津瑜（美国德堡大学）
　　　　刘　玮（中国人民大学）
　　　　穆启乐（Fritz-Heiner Mutschler，德国德累斯顿大学；北京大学）
　　　　彭小瑜（北京大学）
　　　　吴　飞（北京大学）
　　　　吴天岳（北京大学）
　　　　徐向东（浙江大学）
　　　　薛　军（北京大学）
　　　　晏绍祥（首都师范大学）
　　　　岳秀坤（首都师范大学）
　　　　张　强（东北师范大学）
　　　　张　巍（复旦大学）

西方古典学研究

Poetic Forms,
Pragmatics
and Cultural Memory
Historiography
and Fiction in
Ancient Greece

诗歌形式、语用学和文化记忆
古希腊的历史著述与虚构文学

Claude Calame

[瑞士] 克劳德·伽拉姆 著
范佳妮 等译
张巍 校

北京大学出版社
PEKING UNIVERSITY PRESS

著作权合同登记 图字：01-2017-3236
图书在版编目(CIP)数据

诗歌形式、语用学和文化记忆：古希腊的历史著述与虚构文学/（瑞士）伽拉姆(Calame,C.)著；范佳妮等译.—北京：北京大学出版社，2017.5
（西方古典学研究）
ISBN 978-7-301-26926-8

Ⅰ.①诗… Ⅱ.①伽… ②范… Ⅲ.①文学研究－古希腊 Ⅳ.①I545.062

中国版本图书馆CIP数据核字(2017)第029605号

Poetic Forms, Pragmatics and Cultural Memory: Historiography and Fiction in Ancient Greece
© 2017 by Claude Calame
Simplified Chinese Edition © 2017 Peking University Press
All Rights Reserved

书　　　名	诗歌形式、语用学和文化记忆——古希腊的历史著述与虚构文学 SHIGE XINGSHI YUYONGXUE HE WENHUA JIYI
著作责任者	[瑞士]克劳德·伽拉姆 著　范佳妮 等译　张 巍 校
责任编辑	王晨玉　田 炜
标准书号	ISBN 978-7-301-26926-8
出版发行	北京大学出版社
地　　　址	北京市海淀区成府路205号　100871
网　　　址	http://www.pup.cn　新浪微博:@北京大学出版社
电子信箱	pkuwsz@126.com
电　　　话	邮购部 62752015　发行部 62750672　编辑部 62752025
印　刷　者	北京中科印刷有限公司
经　销　者	新华书店
	650毫米×980毫米　16开本　8.75印张　81千字
	2017年5月第1版　2017年5月第1次印刷
定　　　价	32.00元

未经许可，不得以任何方式复制或抄袭本书之部分或全部内容。
版权所有，侵权必究
举报电话：010-62752024　电子信箱：fd@pup.pku.edu.cn
图书如有印装质量问题，请与出版部联系，电话：010-62756370

"西方古典学研究"总序

古典学是西方一门具有悠久传统的学问,初时是以学习和通晓古希腊文和拉丁文为基础,研读和整理古代希腊拉丁文献,阐发其大意。18世纪中后期以来,古典教育成为西方人文教育的核心,古典学逐渐发展成为以多学科的视野和方法全面而深入研究希腊罗马文明的一个现代学科,也是西方知识体系中必不可少的基础人文学科。

在我国,明末即有士人与来华传教士陆续译介希腊拉丁文献,传播西方古典知识。进入20世纪,梁启超、周作人等不遗余力地介绍希腊文明,希冀以希腊之精神改造我们的国民性。鲁迅亦曾撰《斯巴达之魂》,以此呼唤中国的武士精神。1940年代,陈康开创了我国的希腊哲学研究,发出欲使欧美学者不通汉语为憾的豪言壮语。晚年周作人专事希腊文学译介,罗念生一生献身希腊文学翻译。更晚近,张竹明和王焕生亦致力于希腊和拉丁文学译介。就国内学科分化来看,古典知识基本被分割在文学、历史、哲学这些传统学科之中。1980年代初,我国世界古代史学科的开创者日知(林志纯)先生始倡建立古典学学科。时至今日,古典学作为一门学问已渐为学界所识,其在西学和人文研究中的地位日益凸显。在此背景之下,我们编辑出版这套"西方古典学研究"丛书，希冀它成为古典学学习者和研究者的一个知识与精神的园地。"古典学"一词在西文中固无歧义，但在中文中可包含多重意思。丛书取"西方古典学"之名，是为避免中文语境中的歧义。

收入本丛书的著述大体包括以下几类：一是我国学者的研究成果。近年来国内开始出现一批严肃的西方古典学研究者，尤其是立志于从事西方古典学研究的青年学子。他们具有国际学术视野，其研究往往大胆而独具见解，代表了我国西方古典学研究的前沿水平和发展方向。二是国外学者的研究论著。我们选择翻译出版在一些重要领域或是重要问题上反映国外最新研究取向的论著，希望为国内研究者和学习者提供一定的指引。三是西方古典学研习者亟需的书籍，包括一些工具书和部分不常见的英译西方古典文献汇编。对这类书，我们采取影印原著的方式予以出版。四是关系到西方古典学学科基础建设的著述，尤其是西方古典文献的汉文译注。收入这类的著述要求直接从古希腊文和拉丁文原文译出，且译者要有研究基础，在翻译的同时做研究性评注。这是一项长远的事业，非经几代人的努力不能见成效，但又是亟需的学术积累。我们希望能从细小处着手，为这一项事业添砖加瓦。无论哪一类著述，我们在收入时都将以学术品质为要，倡导严谨、踏实、审慎的学风。

我们希望，这套丛书能够引领读者走进古希腊罗马文明的世界，也盼望西方古典学研习者共同关心、浇灌这片精神的园地，使之呈现常绿的景色。

"西方古典学研究"编委会
2013 年 7 月

目 录

"西方古典学研究"总序 …………………………… 1

文化记忆与诗歌形式：
古希腊英雄叙事中的仪式实践(代前言) ………………… 1

第一章 从文化记忆到诗性记忆：
　　　 超越"大分岔"的古希腊历史实践 ……………… 1

第二章 古希腊英雄叙事的历史人类学研究：
　　　 区别性比较与诗歌语用学 ………………… 25

第三章 人类学宗教史里的比较研究
　　　 与横贯式目光：试论"比较的三角形" ………… 56

第四章 在语文学与人类学之间
　　　——克劳德·伽拉姆访谈录 ……………… 88

文化记忆与诗歌形式：古希腊英雄叙事中的仪式实践（代前言）

随着越来越多的相互交流以及经济全球化（其中也涉及意识形态）的发生，现代性导致我们与过去的关系变得越来越复杂。这也促使我们提出一些新的问题。其中不仅涉及我们（这里的"我们"究竟是谁？）如何想象，如何再现我们所从属的共同体的过去，如何塑造它，以及如何传承它，还涉及通过何种形式的话语和用何种权威话语来实现这一传承，以及这一传承对现在甚或将来会产生哪些（社会政治层面的、文化层面的）作用？

从这些不同的角度来看，现代性与古希腊文化之间的批判性对照尤其发人深省。事实上，在法语世界，保罗·利科虽然在三卷本的《时间与叙事》（巴黎：瑟伊出版社，1983—1985年）里探讨了过去时间的塑形以及不同的（话语）模仿过程所采取的不同策略，但他忽略了这些不同形式的历史话语的语用学层面。这位法国阐释学哲学家在《记忆、历史、遗忘》（巴黎：瑟伊出版社，2000年）一书里又以语言哲学为媒介重新审视这一问题,但他规避了所有话语形式的陈述(utterance)层面;这一层面往往涉及口头表演形式①。然而,正是这些常常被仪式化的陈述(énonciation)形式把对共同体之过去的再现转变为活跃的文化记忆。也正是通过这样的话语形式,古希腊神话为我们所熟知。

对我们的历史编纂模式以及传统文化进行比较的意义正在于此——这一比较研究应该具有区分性,也因此具有批判性。尤其值得注意的是,古希腊文化为我们提供了叙述形式,通过吟诵或者通过戏剧化,这些叙述形式在一个现时的仪式语境中指向了一个共同的过去。作为史诗、悲剧和历史编纂的最初形式,这些话语以及创作形式确保了城邦的英雄历史(对我们来说也就是"神话")与此时此地共同对这一过去进行政治性和宗教性庆祝(对我们来说也就是"仪式")之间的关系。因此,如果一定要挑选一种传统文化,在其中关于共同体英雄历史的叙事不绝于耳,可以说古希腊就是最好的选择:英雄时代的叙事;那些主角们依旧接近神灵的叙事;那些让我们觉得奇妙却又是虚构的战争叙事;那些叙事涉及的行动处于古希腊不同公民共同体历史的开端,常常具有奠基性的意义。因此,我们这些现代人把此类叙事归入人类学的范畴以及百科全书条目意义下的"神话"当中。

对古代希腊来说,这些叙事涉及的是众神间的争斗以及

---

① 关于这一问题,详见拙著 *Poetic and Performative Memory in Ancient Greece. Heroic Reference and Ritual Gestures in Time and Space,* Washington DC-Cambridge MA: CHS-Harvard University Press, 2009, pp.8-24 里对《时间与叙事》提出的批评。

敌对状况,其中包括对抗提坦神与巨人以建立宙斯的统治秩序;而特洛伊战争的叙事涉及斯巴达的墨涅拉俄斯、迈锡尼的阿伽门农以及伊萨卡的尤利西斯对权力的争夺,起因是特洛伊的帕里斯夺走了美丽的海伦;七勇攻忒拜的叙事之前是卡德摩斯建城,后者战胜了巨龙并种下龙牙,从中化生出最早的忒拜祖先,接着又发生了俄狄浦斯弑父娶母的乱伦事件;关于赫拉克勒斯不同壮举的叙事讲述这位带来文明种子的英雄如何歼灭怪物,成为许多城邦的奠基英雄的事迹。诸如此类,不一而足。

然而,古典时代的希腊人所指称的 mûthoi("神话")并不指虚构叙事,而是指那些铺展开的、具有论证力的话语,有时这些话语也会借助叙事,但总是意在说服对话者。当这些话语指涉城邦奠基英雄的行为时,也就是在谈论 arkhaîa, palaiá 甚至 patrôia,也就是所谓的"原初时代的事物""古代的行动"以及"祖先们的行为"。

一直以来,修昔底德被视为编年史、实证历史以及实证主义史学的典范。事实上,他提笔写作的伯罗奔尼撒战争史,是以几个宏大的希腊"神话"为开端的。对于当时事件的起因的解释,由于涉及雅典对爱琴海的经济和政治主导权,人们应该追溯到米诺斯:首先,传说中克里特的国王拥有一支强有力的舰队,从而控制了基克拉泽斯群岛;其次,来自亚洲的佩洛普斯建立了伯罗奔尼撒;再次,特洛伊战争联合了海伦的众多求婚者,他们全都接受阿伽门农的指挥;随后,多立斯人在赫拉克勒斯后代——也就是所谓的赫拉克勒德人

(Héraclides)的陪同下,占领了伯罗奔尼撒;接着,随着雅典人在伊奥尼亚建立了殖民地、伯罗奔尼撒人在意大利南部以及西西里建立殖民地及僭主统治,人们渐渐地走出了神话领域而步入了所谓的希腊历史。但对修昔底德来说,所有这些事件总体上都属于 tò pálai,亦即"古代"。唯一的微妙区别是:arkhaîa,也就是"原初时代的行动"总体上通过口述传统(akoé),尤其是那些归入荷马名下的诗歌而为人所知。既然如此,这些原初时代的行动需要被细细探究;这一探究需要建立在一些线索(tekméria)上,而这些线索告诉我们哪些事情发生于(tà genómena)诗人的润色工作之外①。

我们对话语形式以及诗歌形式的兴趣由此产生,也因此获得了关于共同体历史的叙事,通常我们将这些叙事归入(古希腊)"神话学"的范畴。正是这些形式把英雄时代的叙事传播给大众;也正是这些形式赋予公民共同体的奠基性叙事以有效性,体现在有节奏的吟唱并伴以音乐这些美学手段,还体现在特定的制度、社会以及宗教环境下的仪式化表演当中。

对阿特琉斯后裔的故事②进行戏剧化促成了古希腊雅典刑事法庭(l'Aréopage)的设立;俄狄浦斯命运的英雄化发生在雅典村落克洛诺斯;还有费德拉在特瑞塞纳和雅典对希波

---

① 修昔底德,1, 1-23。这一具有开场白性质的部分,被一位古代注疏家很适恰地称为"考古学";特别参见 1, 9, 3-4 及 1, 10, 3,还有 1, 20, 1 和 1, 21, 1-2,当然还有著名的章节 1, 22, 4,修昔底德称呼自己的著作为 ktêma es aieí ("流芳万世的瑰宝"),并宣称历史学家工作的价值超乎仅供听觉享受的神话(muthôdes)的魔力之上。

② 译按:阿伽门农和奥瑞斯特斯。

利特斯的迷恋,使其在死后成为英雄崇拜的对象。阿提卡悲剧在大狄奥尼索斯节的音乐竞赛中上演了;这个庆典是雅典人为了颂扬解放者狄奥尼索斯而设立的古代雅典的文化盛典,此外还有为了颂扬与城邦同名的女神雅典娜的泛雅典娜节。每年,与雅典相关的泛希腊史诗由著名诗人的诗歌创作重新导向公共性的仪式表演,古典时期雅典的文化记忆也就这样被重新激活。这些音乐竞赛涵盖了为大狄奥尼索斯节准备的悲剧、喜剧以及酒神颂(由五十位年轻男子或者成年公民组成的歌队吟唱),或者是吟诵诗人在泛雅典娜节中吟诵荷马诗歌的竞赛。这些诗歌表演和音乐表演通常在过去英雄事迹和仪式行为之间建立了密切的语用关系,前者在表演中被吟诵和搬上舞台,而后者有待听众和观众合作完成。

　　对我们而言,这些叙述以及诗歌表现形式需要一种文化人类学的研究方式。实际上,只有通过一种历史人类学以及比较人类学的研究方式,我们才能重建音乐表演的民族志语境,因为这里涉及一种从空间和时间上来说遥远的文化,而这些音乐表演又处于具有政治和文化意义的城邦众神庆典的语境中。之所以采取人类学的视角,还因为我们应该在把一切转译成现代术语之前,通过本土的语言理解不同的文化实践以及不同的文化价值。此外,这些诗歌表达激活了一种生动的文化记忆,但这一文化记忆对我们而言几乎只是通过文本而被认识。然而,话语分析从普通语言习得发展而来,使我们可以在每个文本中辨识不同的因素,而这些因素也指涉它们的陈述过程(énonciation),也因此指涉语义学层面:

"我"(je)和"我们"(nous)的话语形式指涉谁是说话者和吟唱者；而"你"(tu)和"你们"(vous)的话语形式直接指向听众；指示性动词指涉那些动作，通过它们，我们指称外在现实；陈述策略确保了"对话者"的权威话语，还有对话语内容的价值判断以及修辞手法，等等。定位这些"话语"层面的程序，对在语义学语境中试图重构文本的效果具有重要意义，而这些文本的效果指向了叙述以及诗歌和音乐表演。在此，我们将这一目标托付给一种新的"民族志诗学"(ethnopoétique)，这也就是贯穿接下来三个主要章节的主线。

第一章研究的是人类学家马歇尔·萨林斯(Marshall Sahlins)提出的问题，也就是历史的行动者问题。通过对伯罗奔尼撒战争（由修昔底德所重构的）以及"波利尼西亚"战争（由那些19世纪中叶在斐济岛生活的传教士向我们报道的）进行人类学意义上的比较研究，这位美国人类学家认为没有文化就没有历史。但问题是，如何研究话语形式，正是依靠这些话语形式，一种深具文化烙印的历史才得以建构起来并传承下去。在此处我们援引了埃及学家扬·阿斯曼(Jan Assmann)重新审视的文化记忆的概念。这位德国宗教历史学家从这一角度出发，区分了连接性记忆(Bindungsgedächnis)和构成性记忆(Bildungsgedächtnis)。前者是不具备书写文化的民族所特有的记忆；这一记忆与仪式的反复进行密切相关。第二种记忆为那些具有书面经典的几大宗教社会所特有。然而，当我们面对古希腊及其不同形式的叙事诗以及仪式诗（从仪式颂歌经由阿波罗颂和酒神颂再到悲剧），我们看到，不管是口头传统还是书写传统，文化记忆的各种形式总是指向集体沟通情境下的仪式化表演。因此，它们在一种政治、社会、宗教、文化语用的语境下获得了效果。

在第二章里，我们从塑造并且激活传统社会的文化记忆形式的问题，转向探究人类学家列维-斯特劳斯所确立的神话的结构分析，而笔者从前也曾偶尔为之做辩护。其中最根本的是日内瓦语言学家索绪尔奠定的两条普通语言学基本原则：意义原则，即一个元素只有在它所嵌入的序列里才获得意义；以及组合原则，即语言（langue）在现实化为言语（parole）的过程中联合了纵聚合关系（paradigmatique）和横组合关系（syntagmatique）。因此，神话的结构分析涉及两个方向：一个方向在叙述学的层面上，探讨叙事的句法结构以及导致其内容转化的叙事策略；对法语研究者来说，当涉及古希腊叙事时，这一方向已经在让-皮埃尔·维尔南（Jean-Pierre Vernant）的某些研究中得到充分展现。另一个方向是在语义学层面，破译"符码"（包括地理学、宇宙论、社会学、植物学、动物、食物等各个方面），这些符码构成了每个"神话"的语义学材料，通常以二元对立的方式被表述，比如生食/熟食或者女性/男性之类；马塞尔·德地安（Marcel Detienne）在针对希腊神话中的香料所做的研究中，特别运用了这一方法。

然而，在20世纪30年代，为了研究关于"西太平洋航海者"的神话叙事，人类学家马林诺夫斯基已经从某种程度上奠定了言语行为理论的基础。通过对超卜连群岛土著（Trobriandais）的人类学研究，他认为所有的话语形式都是特定情境下的完整陈述,并指出语言常常发挥行动的作用;此后,约翰·赛尔(John R. Searle)继续发展了"表述行为"这一概念。在古希腊,诗歌形式,特别是歌唱诗以其陈述维度赋予英雄时代叙事这种表演价值;这一诗歌表述行为使叙述本身融入了仪式实践的序列当中。通过这一叙述和表演媒介,过去的英雄世界与现今的仪式实践相关联;英雄世界转变为具有指涉性的虚构。这一世界既不是现代意义上的神话,也不是历史,而是以象征及实践的形式对在场的公民共同体发挥作用。因此,"语言转向"之后是"语用转向";后者特别适用于那些不计其数的叙事版本,把古希腊英雄的历史表演了出来。从那时起,这些叙述就得以从"民族志诗学",从仪式表演的诗歌形式方面被考察。

不过,本书第三章的论点是,文化人类学和社会人类学从根本上来说就是比较研究。这一研究方式不仅对古希腊的历史人类学有效,也对我们所谓的神话,也就是叙事的"民族志诗学"有效。但是,我们今后应该倡导怎样的比较主义,我们应该提出怎样的比较研究方式?在古代世界的宗教领域,特别是在我们对"神话"的人类学解读领域,这一问题至关重要。事实上,这一比较主义首先以印欧模式为特点并建立在相关语系的谱系学之上,其中包括古希腊语和拉丁语;其次还以闪族模式为特点,其范式和成果体现在某些《旧约圣经》的研究著作中。当然,这两个模式具有强烈的欧洲中心主义的特点。受到人类学启发的这一比较方式,摒弃了谱系学和进化论的视角,它倡导以纯粹的共时性让不同的文化表达方式进行比照。然而,在研究结构层面的常量时,这一研究还原了对作为工具的概念普世化和本体化的趋势:以至于神话紧紧依附于一种思维方式,也就是所谓的神话思维!从此以后,我们不得不为一种更加具有实验性的比较研究方法进行辩护。它以表面上的类比为出发点,彰显了特定性、差异性并由现代性意义下的跨文化翻译尝试所推动。对某些操作性概念的使用因此必不可少,但使用时应采取批判的观点:如"比较的三角形",除了被比较者和将被比较者,也促使我们以反思和批判的态度思考比较者的位置。

在这三个案例中,关于方法论的反思都分别建立在某个具体事例上:一、厄里克托尼俄斯(Erichthonius)的结局:这位国王是雅典的奠基人之一,悲剧诗人欧里庇得斯的一部戏剧结尾处,诗人请来了雅典娜介入其中,为他建立一个与海神波塞冬关联在一起的英雄崇拜仪式;二、有关阿特琉斯后裔①从特洛伊战场返乡故事的一个地方性版本,这一版本在萨福的一首歌唱诗中提及,该诗是用来在某座泛莱斯博斯岛的神殿里进行仪式表演的,其中供奉了赫拉、宙斯以及狄奥尼索斯;三、赫西俄德的一段叙事,常常被错误地称为"种族神话",它把凡人的代际更替插入赫西俄德一篇诗作②的逻辑关系和语用环境中,与《旧约·但以理书》所记述的那布甲尼撒之梦相比差异明显。

本书的第四章原为图卢兹二大的科琳娜·博纳(Corinne

---

① 译按:阿伽门农和梅内劳斯。
② 译按:《工作与时日》。

Bonnet)和帕斯卡尔·培杨（Pascal Payen）教授组织的一次采访，追述了笔者在大学生涯以及作为知识分子的心路历程。这一采访可以解释本书前三章所运用的基本研究方法，正是这三章构成了这本小书的主旨，即希腊古典时期关于公民记忆和文化记忆的叙述形式以及诗歌形式，特别是从语用学层面展开的讨论。

最后我要感谢复旦大学张巍教授的盛情邀请，让我有机会在一系列讲座和研讨班中探讨文中涉及的主题。这些讲座隶属于复旦大学和巴黎社会科学高等研究院的合作项目，法方的主要负责人是我的同事——"古代世界的历史学与人类学研究中心"（AnHiMA）的卡拉斯特罗（Marcello Carastro）教授。感谢北京大学彭小瑜教授的邀请，文集中的一篇文章是我在北京大学的讲座内容。在我应该感谢的中国东道主里，还包括本书的译者范佳妮——巴黎三大—新索邦大学和巴黎社会科学高等研究院的博士。张巍教授正是与她合作，全程关注着这本小书的出版。

古希腊罗马文化与遥远的异文化之间的人类学比较，如果没有促使我们以一种疏离的目光反观现代性，是没有意义的。因此，只有在现在，也就是我们身处其中的当下，我们找到了通常借助文本来研究另一个文化系统的动机，这个文化系统对历史的呈现、赋予历史的意义以及历史实践的方式，不仅与我们自身的文化截然不同，也与古希腊文化截然不同。在特定情境下，我们需要从两个层面回到对现代性的批判:欧洲后现代性与已经采用了资本主义经济的中国的现代性之间的碰撞。我曾花很长时间漫步于上海的不同街巷,而我在巴黎社会科学高等研究院的同事、时任清华大学法中研究中心主任的潘鸣啸(Michel Bonnin)进行了全程解说,使我了解了自从1973年和1981年两次游学以来,中国政治已经经历了巨大的变革并产生了深远影响。由以北美生活方式为模本的生产本位主义与消费主义而导致的社会和环境后果,进一步加强了我几十年以来对资本主义生产方式所持的批判立场。

不过,此处的问题并非个人经验和个人记忆,而是传统社会中的文化记忆以及如何实现和传递这些记忆的话语形式。从这一点来说,最后我想表达一个愿望:希望这些研究可以赋予中国的历史学家和人类学家一些分析工具,来研究文化记忆在他们自身的传统即古代中国的各种形式;如果可能,与本书讨论的古希腊实践的记忆形式进行区别性的比较研究。一次偶然的机会,我参观了上海专门供奉孔夫子的文庙及其藏书楼,被《仪礼》的郑玄注和贾公彦疏深深吸引;同时,对照《诗经》里的"颂",对汇集于这两本集子的文本的陈述形式进行再解读,也许可以找到在"神话"与"仪式"之间,以话语和语用的方式研究中国汉代以前的文化记忆的新思路。

(范佳妮 译)

第一章
从文化记忆到诗性记忆：
超越"大分岔"的古希腊历史实践

美国人类学家马歇尔·萨林斯（Marshall Sahlins）在他最近出版的一本名为《历史作为文化及文化作为历史》的书中，探讨了历史的行动者问题①。这一研究以面向修昔底德的辩护词为形式，使用了英美学界的"agency"（能动性）概念作为理论依据。那么，究竟谁是历史的"agents"（行动者）呢？是传统史学长久以来宣称的个体吗？抑或是集体，诸如族裔群体、民族、社会阶级或者是文化群体？抑或是各种结构，无论是经济结构还是社会结构？这位古希腊学者对于建构某一群体历史的文字创作的不同形式及其功能具有敏锐直觉，因而也再次受到人类学研究的感召。

---

① Sahlins, 2004, pp.1-11. 本章从文化记忆的角度对笔者在另一篇文章（"Mémoire poétique et pratiques historiographiques: la Grèce classique", in *Awal. Cahiers d'études berbères* 40-41, 2009-2010, pp.121-128）里概述的观点进行了发挥。

1. 建构一种话语：从伯罗奔尼撒战争到波利尼西亚战争

萨林斯的提问是在一个既是历史性又是比较性的基础上展开的；其目的在于捍卫一种"人类学历史学"。将伯罗奔尼撒战争和波利尼西亚战争放置在一起加以对照，使得他的研究方法和意图更为明显，因为在英文中伯罗奔尼撒战争（Peloponnesian war）和波利尼西亚战争（Polynesian war）这两个词极为相像，这种相似性使他可以进行这一语言游戏。前一场战争发生于二十五个世纪前的地中海东岸，三十多年里雅典人虽然遭遇斯巴达的重装部队及其大陆联盟的攻击，却因得益于舰队优势，而将经济和军事势力扩展到了爱琴海全部海域；而后一场战争发生于1843年和1855年间，岛国博（Bau）对斐济群岛上的内陆国家热瓦（Reva）发动了战争。这两场战争都具有盲目地摧毁一切并且冷酷残暴地进行疆域拓展和经济扩张的特征。

从这项比较研究中，这位历史人类学家得出如下双重结论："事件是偶然的，但它却依照某个特定的文化领域的规则展开，行动者从中获取了行动的原因，发生的事件也从中找到它的意义"；还有"谁或者什么是历史的行动者，什么是历史行动，什么会成为历史结果：这些都由某个特定的文化秩序所决定，并且在不同的秩序中以不同的方式决定。因此，没有文化就没有历史"[①]。萨林斯的比较研究所暗含的结论

---

① Sahlins, 2004, pp.291-292.

第一章 从文化记忆到诗性记忆：超越"大分岔"的古希腊历史实践

乃是：历史是偶然事件的随机性和文化秩序的决定性相互交错的产物。笔者在采用萨林斯历史人类学和比较研究视角的同时，认为这种事件的偶然性和由文化秩序所决定的行动的交错，赋予历史空间的与时间的厚度。

然而，萨林斯在其史学研究中以历史中的"agency（能动性）"为参量寻求结论，而所运用的人类学进路乃是基于话语形式，亦即以文字档案为基础：这涉及修昔底德对伯罗奔尼撒战争的史学叙述以及19世纪中叶活跃在斐济的卫理会传教士对波利尼西亚战争的叙述。换言之，萨林斯依据的是两类分属于不同叙述模式的史学和文化记忆形式；这两种类型的"历史"，不仅由历史学者的叙事活动，而且也由他的文化活动（作为见证者和编撰者）被赋形。在希腊这方面，作为历史编撰者的修昔底德赋予长期对峙的伯罗奔尼撒人与雅典人某些动机，他从这些动机中找出了自身文化的价值，以及战争行动者的文化价值。对他而言，有一种（希腊的）人性，带着雄心抱负和强力意志，超越了凡人生存的偶然性。在斐济岛上，卫理会传教士面对两个波利尼西亚王国之间的战争，参考的却是一种与当地的战争主角完全不同的文化，即基督教神正论，再加上一些西方人类学的概念，诸如同类相食。这就意味着，这两种历史书写形式，无论多么判若天壤，都是以人类学为基础，以人及其作为文化人类学概念的"行动"（action）（包括其变动性）为基础。

萨林斯的确对话语建构的过程不怎么敏感，即话语如何将事件（群体的过去意义上的历史）制作成首要意义上的历史：这是一种富于意义的历史，一种具有（时间的，还有空间的）逻辑的历史，一种作为再现以及作为话语结构的历史①；一种（如修昔底德声称的）有效的和有用的历史，一种最终促进了活跃性记忆的建构历史，一种带有滋养文化记忆的语用功能的话语史学（有关这一点下文还会讨论）；一种常常在政治军事的大事记方面，从其第一意义转向第二意义的历史，以其作为对过去时间的考察和话语形式化为第一意义，而以其作为过去（用记忆保持具体形象的过去）为第二意义。而且，将历史编撰赋予话语形式，这远不是将历史变成一种纯粹的虚构，而是加强其指涉以及语用的维度②。

从历史被嵌入集体记忆这一角度来看，这一记忆具有身份认同与集体认同的功能，并具有文化有效性。对此，我们可以做出如下两个判断：

1）为了在历史的次要意义层面以及俗常意义层面上对已发生事件的过程进行重构，历史—史学通过话语的建构，回应了这一历史进程的上演过程；这些剧情上演在史学操作层面上，是由如导演一般的人类学家做出导向，并给这些人在过去的行动赋予动机、逻辑以及理由；这一有关人及其行动的观念通常混杂着宇宙论，对所有依赖以时空为特征的文化范式的历史著述具有导向作用。

---

① 通过叙述情节将历史时间具体化，这一思想在利科那里得到了阐发，1983，pp.101-109；为了特别考察历史话语的陈述性面向，最好将此概念扩大到话语建构上，参见拙著 2006a, pp.18-40。

② 有关所有"历史真理"的话语特征，其临时性和不稳定性，参阅 Traverso, 2006, pp.66-79。

2）这种叙述秩序和话语秩序上的导向性，在"叙述"的加工和"叙述"行为层面上的表现，与"话语"的陈述层面上的表现同样繁多，此处我们重新采用埃米尔·本维尼斯特(Émile Benveniste)①所提出的两种操作性范畴。在陈述的评价简单模态化与明确的陈述介入之间，陈述的微调变化在空间和时间中获得定位；它们将被叙述的时间归诸陈述的当时和当地；它们因此间接地指涉所有话语的陈述情境，特别是史学话语的陈述情境。

历史形式建构了集体所共享的记忆，在这些形式中，陈述的印记有时候是在真正的策略之中展开的；它通过修辞来保证史学话语的语用性，这一修辞有一种美学的和情感的影响力。陈述的程序不仅带着感染与说服公众的目的，还向公众提出话语的整个形式；而且正是基于这种陈述的维度对过去的再现以及重塑时空形态，人们可以在陈述的当下空间中，来推测史学话语的特定文化与历史来源。陈述的维度尤其通过美学的和情感的方法，确保了文化的社会效应；它也常常通过仪式化的展现形式被铭刻在记忆之中，这是一种有效的集体记忆，也是一种动态的文化记忆。

---

① 参见 Benveniste, 1966, pp.237-250, 258-266, 以及 1974, pp.79-88（关于"陈述的形式性装置"）；当我以"历史/叙述"与"话语"之间的差别作为概念工具，古希腊人叙述英雄往昔的话语方式使我有机会多次展示，这两个层面在话语现实中如何相互交织，特别参见拙作(2010, pp.122-124)。

2. 文化记忆以及"大分岔"

因此,每个社会在每个历史时期都有自身的文本、图像以及仪式储存库,对这些东西的循环利用可以让社会通过基于过去的知识分享,并经由一个被书写所促成的传播和表现传统,而稳固自身的形象并传播这个形象;通过这个建立在集体记忆之上以及以"意义(Sinn)"为中心的知识,群体会形成关于它本身的整体性和特殊性的意识。不管怎样,这正是埃及学家扬·阿斯曼(Jan Assmann)就"文化记忆"[①]这个概念所给出的定义,是他基于对古代社会的宗教传统和史学传统所做的几次比较性的考察而提出的。然而,在一本名为《什么是"文化记忆"?》(*Was ist "kulturelles Gedächdnis"?*)的理论著作中,这位德国宗教历史学家表明这种概念依靠的是它通过文字游戏所命名的Bindungsgedächtnis[连接性记忆]与Bildungsgedächtnis[构成性记忆]之间的明确差别。阿斯曼很早便采用了哈布瓦赫(Maurice Halbwachs)的"集体记忆"这个概念。所谓"集体记忆"是指,除了每个个体都有的基于身体(神经)的记忆外,记忆还具有社会的、文化的向度:这并不是说文化有一个记忆,而是说主体的内在世界依赖于形成普遍记忆的社会和情感框架(Rahmenbedingungen)[②]。

但是,与哈布瓦赫从"活生生的回忆"(mémoire vécue)与传统之间的差别所得出的结论相反,在阿斯曼这里,集体的

---

① Assmann, 1992, pp.19-25.
② Assmann, 2000, pp.11-44.

和社会的记忆却扎根于一种传统;因而它也会依赖于(代代之间)垂直的交流进程,这种交流与共时的水平性交流结合在一起。然而,传统的集体记忆之基础也提出了关于方法的问题,这些方法会帮助我们去建构和维护整个文化记忆。阿斯曼确认了两种根本性的方式,其一为仪式的实践,其二为文本的表征。So weit, so gut(到目前为止还算可以)①。接下来的问题是我们想要从历史人类学以及人种志诗学的视角重新讨论的,我们要从萨林斯所提出的历史人类学的概念对过去的话语建构和具体化这两者的反思入手;我们要借用古典希腊文化里的事例来进行论述。

作为古代宗教历史学家的阿斯曼,在分析文化记忆中传统所扮演的角色的问题上,实际上使用了列维-斯特劳斯的"冷社会与热社会"的差别这一概念;前者对应的文化是不知书写的口头文化传统;后者对应的社会使用一种书写系统以及对口头话语的书写交流。这就是说,阿斯曼明确地将文化记忆的概念置于"大分岔(Great Divide)"或"大二分法(Grand Dichotomy)"之中。古迪(Jack Goody)②也批评过这一概念,但他又马上采用这个概念。没有历史的"冷社会",因为没有书写而需要一种"连接性"的记忆;这种集体记忆以八十年到一百年为期限,以重复的仪式为基础,令宇宙不变的秩序周而复始。相反,"热社会"依靠一种书写符号的系

---

① 译按:此句为作者的插入语,表示到此为止作者还赞同阿斯曼的观点,但接下去便与之分道扬镳了。

② Goody, 1977, pp.146-162,书写和口语的对立。

统,可以将历史"内化"(verinnerlicht);借助它的推动,"热社会"可以维持一个历史的记忆,一个真正的文化记忆,时限可以延续上千年。于是,一边是Bindungsgedächtnis[连接性记忆],另一边是Bildungsgedächtnis[构成性记忆];一种既是结构的又是演化性的秩序分野,并且这种分野沿用了德国浪漫主义对Zivilisation[文明]和Kultur[文化]的区分;从宗教的观点上看,这种分野复制了Stammeskulturen[部族文化]与建立在"文本(经典文本)的宗教"之上的伟大文明之间的区别。在这种二元对立的视角里,书写是解放人类的武器,它保证了"精神的自由生活"(das freie Leben des Geistes),明显地被置于黑格尔的权威之下……①

在以荷马史诗传统为基础的口传文化到希腊化时代的书写文化的转换过程中,古希腊是否从连接性记忆的形式过渡到历史记忆的形式? 与阿斯曼一样,柏拉图在《蒂迈欧篇》的开篇,提到了梭伦所述的希腊历史的时间跨度,梭伦当时是以埃及的时间性深度上的记忆为依据来讲述的,而埃及的时间性是以文字记录为基础的②。下文我将以一出由文字所编辑和传播的,却在公共仪式中再现的悲剧,作为我唯一的举例依据,去对抗有关集体历史记忆方面的两种固执偏见。一方面,创作、交流以及传统中书写的使用既不意味着失去整个实用性的向度,也不意味着,特别是在古典希腊,一种向

---

① Assmann, 2000, pp.32-34, 42-44.
② 柏拉图:《蒂迈欧篇》,22a-23e。

现代意义上的文学之过渡①;另一方面,我们称之为"神话"的那些祖先叙事(arkhaîa)属于传统社会,与英雄的往昔和群体的古代历史有关,无论有无书写,它们已经成为集体历史记忆的内化部分。文化记忆关涉的是形象化的过去,这种过去常常与当下相连,两者处于一种基础性关系之中;萨林斯认为,这个当下,连同对一种文化所印刻的人类学做出反应的行动者及其偶发事件,也被置于历史(作为事件过程以及被经历的时间性)之下。这种在具体化的过去与演变中的当下之间建立的属于实用性范畴的关系,在仪式化的话语形式之中得到了实现。如果我们再来看Mondher Kilani的提议,地方文化的历史传统也就这样成为它的"行动方式";Mondher Kilani考察的问题是,一位传统诗人的作品如何在一个当代的庆典上重现,也就是在突尼斯庆祝艾尔科萨(El Ksar)绿洲记忆的节日之中重现②。在古代希腊,从史诗经由悲剧和仪式颂歌直到政治话语,这些话语形式否定了Bindungsgedächtnis[连接性记忆]和Bildungsgedächtnis[构成性记忆]之间全然断裂的恰当性。

---

① 关于古典时代希腊诗歌之中书写的辅助性用途,可参考Ford之研究(2003);有关古典时期雅典的谱系史学之不同形式,参见Thomas, 1989, pp.15-34, 155-195.

② Kilani, 1992, pp.298-306.

3. 古希腊：一种"人类学诗学" (anthropopoiétique) 的文化记忆

古希腊的文化传播有赖于口头的话语形式，在这样的传统社会里，陈述过去的话语所采用的诗歌形式加强了实践记忆的效果；而陈述的方式便是有节奏地朗诵富有乐感的诗篇，以此来形塑群体的时间与空间。关于这种文化记忆有如下三个要点：

1) 在语义学层面上，它使用众多隐喻游戏，目的在于给出关于集体过去的形象以及形象化的再现；这些隐喻游戏促成了古代修辞家起先称之为 enárgeia① 以及后来又称之为 evidentia② 的美学效果：从逼真性的角度上看，是通过言语的手段将某物"置于眼下"，通过激发听众的想象力（就"想象"一词的本义而言）将听众转换成观众③。

2) 从韵律上讲，格律节奏和音乐旋律将这些诗歌形式的演出，变为置身于集体庆典之中——特别是文化意义上的集体庆典——的吟唱动作。节奏隶属于以特定陈述情势为条件的诗歌体裁，它为历史话语的形式保证了一种仪式秩序的实现，即社会行动的秩序和有条不紊的宗教秩序的实现；它内在于群体记忆，而群体记忆流淌在非线性的但有历法循环

---

① 译按：希腊语"明晰"。
② 译按：拉丁语"一目了然"。
③ 关于希腊史学中视觉见证的重要性，参见 Hartog, 2005, pp.45-88；以"置之于眼下"为目的的修辞性和指称性程序，参见拙著 2012, pp.45-88 以及 2006a, pp.54-64。

的时间节奏内；它使叙述时间与仪式时间交叉重叠在一起。

3）最后在生理的面向上，节奏的仪式化朗诵将诗学的历史话语不仅内化于大脑智力之中，也将其内化于肉身之中，尤其是通过情感而如此；这种朗诵将集体记忆的操练变为一种身体的有节奏的实践，一种"人类学诗学（创造）"（anthropopoiétique）层面上的实践，它不仅从智识上也从建制上成为对社会中的人进行文化形塑的一条原则①。

通过仪式化的朗诵，叙事诗歌在召唤群体的过去并将之形象化的同时，维护着集体的文化记忆，一种被仪式激活也藉由仪式传播，不仅是体现在文化实践中的节奏性记忆，而且是给定的宗教、社会、政治以及历史的情境之中的节奏性记忆②。

3.1."神话的"过去在政治上和修辞上的使用

然而特别是在古代希腊，集体性和奠基性的过去持续不断地被文化记忆以及话语形式激活，它对应的是我们通过"神话的"操作观念在人类学起源的漫长传统中所把握的东西。对于希腊的男男女女来说，过去并非是mûthos［神话］，神话反映的是具有叙述特征的推论式的和有效的话语，过去乃是arkhaîa［古事］，palaiá［古老之事］以及patrôia［祖先之事］，也就是英雄先辈的行动，这些先辈在各个城邦彼此不尽

---

① 关于人在不同的文化实践里的建构，参见如下学者的著作：Affergan, Borutti, Calame, Fabietti, Kilani, Remotti, 2003。

② 这种文化记忆的仪式化的诗歌形式包含荷马颂诗、酒神颂、凯旋赞歌、仪式颂歌以及悲剧，可以在拙著（2006b）里找到例证。

相同的传统之中常常被认为是特洛伊战争的主角①。这些英雄的伟大功绩及其范式,或者说是奠基者的功能,通过指定的诗学话语形式不断地被重新塑造,因此内在的公民文化记忆可以回应当下的种种需求。

公元前338年,马其顿国王菲利普二世在喀罗尼亚战役击败雅典。翌日,雅典公民莱奥克拉特斯(Léocrate)逃离雅典前往罗得岛避难。当他返回雅典后,大演说家吕库古以叛国罪控告他,使他受到法院审判。吕库古对雅典人发表演说时,没有忘记引用一系列有关公民勇气的例子,与莱奥克拉特斯的怯懦行为形成对照。他开始引用的是一个匿名作者的叙述(légetai),这个叙述即使表面上看起来只是虚构(muthôdésteron)而已,可是它在年轻的听众中一点也没有"遭到质疑",于是在这个西西里的叙事中有用性再一次优先于非逼真性的表象。这个故事的剧情是,在一个绝望的情况之下,儿子获得了神灵的帮助成功地救出了父亲②。

不过,我们还是应当从西西里回到雅典,来回顾这些古老之事(palaiá),它们在我们看来符合神话中英雄的过去。这仍然是一个无作者姓名的叙述,它讲述了在城邦英雄奠基者的时代,波塞冬之子——色雷斯国王欧摩普斯(Eumolpe)——对雅典的入侵。雅典国王厄瑞克忒翁面临危险时,询问德尔菲的神谕,神谕要他献祭自己的女儿,这样他

---

① 有关这些跨文化翻译方面的思考,参见笔者对历史和神话的批评研究(2011a, pp.19-81)。

② 吕库古:《诉莱奥克拉特斯》,95-97.

第一章 从文化记忆到诗性记忆:超越"大分岔"的古希腊历史实践

才能打败欧摩普斯取得胜利。雅典国王遵从这个神谕,献祭了自己的女儿并成功地驱赶了入侵者。这个有关典范的叙述通过欧里庇得斯的悲剧而为我们熟知,吕库古便从这个悲剧中引用了一个很长的片段。那是一段厄瑞克忒翁国王向他的妻子普拉西提亚所说的话,他请求她同意献祭女儿;演说家引用这段话来为他的论点赋予一种诗意的特质。同时他也通过悲剧性的话语来追念普拉西提亚这个富有诗意并带有传奇色彩的人物形象,演说家将此人视为兼具公民的高贵特质和伟大灵魂的典范。普拉西提亚为了城邦而准备牺牲自己的家人和家庭(oîkos),她依次采取了一个女性的视野和一个男性的视野,来颂扬那可以激发公民保家卫国情怀的母爱:

> 我这个女儿,只是因为我生了她,她才属于我,
> 我要将她献祭给祖国。
> 要是城邦被夺,我的孩子会陷入怎样的境地?
> 属于我的东西啊,为了拯救它我要献出它。
> 其他人索取权力;我却要拯救这座城邦。
> ……
> 公民们,你们要用好我这个肚子里出来的果实;
> 担负起拯救你们的任务;夺取胜利。
> 我不可能拒绝啊,
> 如果以一个生命为代价能够拯救你们的城邦。
> 啊,祖国啊,愿住在你这里的人们都像我这样爱你。

这位王后因为没有男性子嗣,而以雅典人"土生土长"的起源为名义,同意献祭自己的女儿。这个悲剧的结局是,她成为唯一存活下来的人。祭台上死去的女儿的另两个姊妹在同仇敌忾的保卫战中牺牲;战斗取得胜利时厄瑞克忒翁国王被波塞冬的三叉戟所刺死,因为作为城邦保护神的海神坚持要为死去的儿子欧摩普斯报仇。雅典国王于是重新回到大地的怀抱,他便是火神赫淮斯托斯强行与雅典娜交合未遂、溅留精液于大地所生之子。

从人祭到字面意义上的从大地中诞生,借助神的意志经过死亡到遁入大地之缝,演说家并没有揭示这一奠基性叙述的非真实性。正是这样,雅典舞台上用戏剧的形式和诗歌的形式所再现的"神话",与当下形成了一种双重关系,并在其中找到了它的历史真实性和实效性影响。一方面,主角都是雅典人的祖先,他们的父亲就是接受这样的传统教育;另一方面,是诗人创造了表现出爱祖国先于爱自己的孩子的这个榜样。于是演说家的结论便无可反驳:"如果女人们都能这么做,那么男人们必须绝对优先地爱国,绝不能抛弃祖国,不能像莱奥克拉特斯那样在全体希腊人面前辱没祖国①。"人们认为是厄瑞克忒翁国王建立了厄琉息斯秘仪,由此可知,奠基者神话不仅在公元前4世纪时被认为是历史事实,而且也在更新城邦的文化记忆的同时,还在悲剧中以及随后的介于

---

① 吕库古:《诉莱奥克拉特斯》,98-101,引用了欧里庇得斯的《俄瑞克特翁》fr. 360 Kannicht (= 14 Jouan-Van Looy)。Sebillotte-Cuchet (2006)释析了普拉西提亚所承担的母亲和公民这双重角色;另见 Sissa & Detienne, 1989, pp.238-245.

口传和书写之间的政治话语中获得了一种特定的实效性。

3.2 arkhaîa(古事)的戏剧化及其象征效用

然而在公元前5世纪末,通过欧里庇得斯的悲剧,被再现的古代(arkhaîon)与雅典观众的文化实践在狄奥尼索斯戏剧舞台上建立起一种特别强烈的关系。实际上,悲剧性的行为通向的是葬礼哀歌,哀叹的是被波塞冬毁灭一切的疯狂所肆虐的厄瑞克忒翁家族的命运以及城邦的命运。然后伴随着"解围之神"(dea ex machina)的熠熠光彩以及雅典守护神的权威之声,雅典娜介入了。从常常作为欧里庇得斯悲剧结尾的"起源解释"来看,神明将文化殊荣赋予所有在戏剧中出场的主角①:首先,雅典君王夫妇的三个女儿获得了一群女孩子组成的舞蹈歌队的赞誉,在她们圣地陵寝的周围,定期用音乐为她们做祭祀,并且城邦在开战之前也会向这三个女儿献祭;然后就是她们的父王厄瑞克忒翁,会与波塞冬在一起,人们在雅典卫城的圣殿里向他献上牛牲以示对他的敬重,而波塞冬也已经息怒并成为城邦的第二保护神;王后普拉西提亚最后成为雅典娜的第一女祭司,为了颂扬她,雅典的男女们在卫城的祭台上向她献祭②。在阿提卡的戏剧舞台上,城邦保护神雅典娜如此结束她那一番具有表述行为特征的宣言:

---

① 欧里庇得斯悲剧的索本求原式的总结,远非诗人的发明,大致上它们对应的是实践中的膜拜仪式;对于这个争议很大的问题,特别参见 Sourvinou-Inwood, 2003, pp.414-422.

② 欧里庇得斯:《俄瑞克特翁》fr. 370, 55-100 Kannicht (= fr. 22, 55-100 Jouan-Van Looy); Darthou(2005)从不同的功能上分析了波塞冬和俄瑞克特翁的形象。

对你的丈夫,我命令必须在城中心
为他建造一所庙宇,砌上石头围墙。
为了纪念那个杀害他的人,
向厄瑞克忒翁祈福须以庄严的波塞冬之名,这是他的圣神祷词,
在公民向他献祭牛牲之际。
对你啊(普拉西提亚),为这座城市建立了重罪法庭的你,
我命你为在我的祭台上献祭的第一人
你将是我的女祭司。
你刚才所听到的,就是必须要为这块土地所做的事。

通过雅典娜在舞台上的现身,为传说里的国王厄瑞克忒翁及其女儿们的悲剧性死亡所编制的戏剧化叙述,不仅体现了为颂扬城邦两位保护神而举行祭祀这一制度,也特别体现了雅典观众每年在卫城的狄奥尼索斯圣殿内聚会而举行的仪式。雅典舞台上被再现的奠基者神话与带有文化和社会意义的戏剧演出的此时此地(hic et nunc)之间实用性层面关系的表现得更加显著了,因为被再现的动作与圣殿剧场上献给狄奥尼索斯的整个悲剧演出构成了仪式的和音乐性的表现的双重关系。一方面,特雷斯国王欧默普斯率军入侵雅典的"神话",令人想起斯巴达军队的入侵,而公元前422年左右战争第一阶段的结束时这个悲剧正好上演;另一方面这个仪

式化的戏剧上演多半与厄瑞克忒翁神庙的建设同时进行,这所神庙是为了取代萨拉米斯战役之前被波斯人毁掉的、老旧的雅典娜神庙而建的;我们要注意,这个具有混杂建筑特征的神庙,作为"记忆之所",注定要汇集所有雅典奠基者的遗迹和雅典初建时的历史遗迹,从波塞冬用三叉戟击打爱琴海水溅到卫城的岩石上这个遗迹,一直到薛西斯军队火烧卫城之后雅典娜的橄榄树,在大火熄灭后再次发芽重生[1]。这些遗迹铭刻于城市空间以及仪式日历上,为不同的叙述提供了建筑方面的参考信息,而那些不同的叙述展示了雅典土地的丰产和经济的繁荣,尤其是在献给狄奥尼索斯的祭拜和音乐的大赛之际,这些叙述便重新活跃起来。作为奠基者,这个虚构叙述通过欧里庇得斯所改造的戏剧形式之强大美学力量,找到其社会的和宗教的效用;它在集体音乐的表现中获得了所意指的语用的现实性,而如果没有这种现实性它也无法存在。这个城邦的文化记忆便是这样,通过仪式空间内的铭刻,通过仪式化的庆祝活动以及通过经过书写转述的诗歌话语,而重新被激活了,也重新被定位了。毫无疑问这是连接性记忆(Bindungsgedächtnis),但也是构成性记忆(Bildungsgedächtnis),并且还带有在一种远远过时了的人类学原始主义视野中最早被阿斯曼所拒绝的历史和动力学向度[2]。

---

[1] 详见拙作(2011b)(关于厄瑞克忒翁神庙及其建设,参见该文注释7和42).
[2] 有关进化论的范式对19世纪人类学所具有的奠定性意义及对其的挑战,参见Kilani (2009, pp.211-228)的批判性分析。

3.3 荷马英雄的仪式模范性

上述雅典女英雄的悲剧性例子,采纳了公民的价值,但也没有否定女性性情中所内含的母性和舐犊之情,不过这个雅典女人的例子表面上还不能够说服演说家吕库古的雅典听众。演说家还应该追溯到更远。与抒情诗人一样,要维护希腊的全部文化记忆就必须参照荷马诗歌所代表的泛希腊传统;对公民群体的记忆之根基的维护,便是通过追念特洛伊战场的虚构故事中男性战士的伟大事迹来实现的。特殊情况下,公民战士应该对祖国报以无条件的爱,英雄赫克托做出了一个具有说服力的榜样,激励特洛伊人保卫他们的国家:在战斗中死亡,这不仅是为了拯救父辈们的土地而光荣地死去,也是为了拯救妻子、孩子还有家园而光荣地死去。

> 去吧!一起到战舰上战斗吧,
> 你们中的那些在远处受伤了的,在近处挨打了的,
> 可能会牺牲,或者,在命运之最终,也会逝去!
> 保卫国家的人死得光荣啊。
> 他的妻子孩子未来都会安全;
> 他的房子,他的遗产都会平安,
> 只要希腊人将战舰驶回
> 他们国家的海岸。

吕库古并不是选用赫克托的死亡作为例子,而是选用这个英雄向即将出征的战士的致辞作为例子,我们能够认同他的修辞角度与那位特洛伊的伟大英雄的论调具有同一性。

通过这种话语陈述策略，他不仅向他的话语内容，也向他的演说的表现上赋予了一定的效力。毫无疑问这正是吕库古提请大家回忆祖先法则的原因，根据这个法则，每四年在吟游诗人大赛上，人们都要颂唱荷马史诗以及其他人的史诗，这个大赛乃是泛雅典娜女神节上最特别的场面：这是在此时此地（hic et nunc）朗诵泛希腊过去时代的英雄事迹，以此向城邦的保护神雅典娜致敬。吕库古明确地指出：希腊人最壮美的英雄行为如果没有在仪式性的表演（epídeixis）中积极地表现出来，那么英雄行为就会一无所是①。

正是在颂扬城邦保护神雅典娜的重大公民的和宗教的庆祝活动之际，当盛大的游行结束后，随即通过城邦中象征性的表演以及仪式化的朗诵，荷马的虚构故事获得了效力。也正是通过荷马诗篇的美，通过这些诗篇所激发的情感，以及通过它们的仪式化的诗歌表演，特洛伊战争中的悲壮的英雄事迹被作为公民此时此地的榜样而活跃地表现出来了，虽然这些英雄的形象常常十分夸张，或者说非常残暴。通过在一种既是宗教的又是政治的背景下朗诵仪式化颂歌，这些个体的英雄行为内化于集体的和公民的文化记忆中。这种文化记忆在口头的诗歌表演与书面的历史编纂之间被定期地激活，而后者是对前者的辅助，并对之进行次级传播。可以说，这种文化记忆处于"连接性记忆"与"建构性记忆"之间。

---

① 吕库古：《诉莱奥克拉特斯》，102-104，引用了荷马：《伊利亚特》，15, 494-499。荷马史诗提供的古典战士美德的模范，参见阿里斯托芬：《蛙》，1036，有关古典修辞，参见伊索克拉底：《泛希腊集辞》，159。

4. 神话与历史：为当下而设的时—空配置

以上对集体记忆以及动态记忆机制中的诗歌形式所做的语用学反思，受到古典希腊诗学实践的召唤，旨在用"时空逻辑"（logique spatio-temporelle）替换"时间性的模式"（régime de temporalité），这是与历史背景、社会背景特别是宗教背景相关的"真实性模式"（régime de vérité），一种与特殊的"话语构成"相一致的"真实性体制"，这也是福柯的概念的某种延伸①。这是一种属于文化共同体本身的、时间—空间的语用和话语配置的逻辑。这种逻辑完全通过在歌唱仪式中被激活而稳定于记忆的真实性的体制之中；正是通过仪式，那个在集体记忆之中所具体形成的历史过去便在当下之中现实化了，当下是它的指涉，也为它的逻辑提供了导向；也正是通过仪式实践，信仰的共同体得以实现，而由某种逻辑所激活的历史真理与记忆真理的机制通过话语配置结构针对的也正是信仰共同体②。因此，时空逻辑的暂时性特征，在变化的动力上以及尤其是由与其他文化体接触所引起的冲突性动力上，必须依赖连接历史背景以及特别是地域背景的文化范式。

---

① 时间性体制的概念，Hartog 尤其做了详细阐述，见 2003, pp.11-30；关于历史性体制到时间性逻辑再到（历史的）真实性体制之过程参见拙著 2006a, pp.64-79；关于话语形成的思想，参见 Foucault, 1969, pp.149-154。

② 关于过去的话语配置与作为其集体的活跃性记忆功能之展现处所——当下的本质性关系，参见 Kilani(2003)的研究；信仰作为不可缺少的社会架构，它既保证了原始知识的语用，也是人类学的知识，详情参见氏著(1994, pp.236-262)。

结合一种关注陈述过程的话语分析来分析(古代)文本，古代"诗学"语用学的话语实践被导向了现在，并需要一种人类学的视角，更确切地说，是需要人种诗学(ethnopoétique)。但是——正如我们在前文所注意到的那样——人类学方法也就意味着比较研究的方法。从阿斯曼在关于文化记忆上所重新激活的"大分岔"这个概念，我们又回到了萨林斯的假设，以此作为总结，他的假设关乎历史的行动者以及在他的历史人类学和比较研究基础当中所暗含的记忆形式。

即使我们就此愿意承认，历史是由事件的偶然突发与以文化范畴的动机为驱动的行动者意志相互交叉而成，不能忽视的是，对伯罗奔尼撒战争和波利尼西亚战争的比较研究是在帝国主义第三次活跃期的关键年代中展开的：这期间发生了波斯湾战争；与此同时，伊拉克战争也由以下原因触发：基督教文明至上的新殖民主义意识形态以及一种建立了全球资本主义及其市场规律的隐性人类学；这是一场以占有能源为目的，具有深刻经济财政动机的战争，这场战争依仗无与伦比的高科技手段以及雄厚的财政实力，使公元前5世纪的雅典"帝国主义者"乃至19世纪的斐济人都无法望其项背，因而它的残忍和傲慢是有过之而无不及的……①

(陈文飞 译)

---

① 关于现代帝国主义战争，以及关于"文明冲突"的基质，参见 Kilani, 2006, pp.74-87。

参考书目

Affergan, Francis (et al.), 2003. *Figures de l'humain. Les représentations de l'anthropologie*, Paris: Éditions de l'EHESS.

Assmann, Jan, 1992. *Das kulturelle Gedächtnis: Schrift, Erinnerung und politische Identität in frühen Hochkulturen*, München: C. H. Beck.

——, 2000. *Religion und Kulturelles Gedächtnis. Zehn Studien*, München: C. H. Beck.

Benveniste, Émile, 1966. *Problèmes de linguistique générale*, Paris: Gallimard.

——, 1974. *Problèmes de linguistique générale II*, Paris: Gallimard.

Calame, Claude, 2006a. *Pratiques poétiques de la mémoire. Représentations de l'espace-temps en Grèce ancienne*, Paris: La Découverte.

——, 2006b. "Récit héroïque et pratique religieuse: le passé poétique des cités grecques classiques", *Annales. Histoire, Sciences Sociales 61*, pp.527-551.

——, 2010. "Fiction référentielle et poétique rituelle: pour une pragmatique du mythe (Sappho 17 et Bacchylide 13)", in D. Auger & Ch. Delattre (éds), *Mythe et Fiction*, Paris: Presses de Paris Ouest, pp. 117-135.

——, 2011a. *Mythe et histoire dans l'Antiquité grecque. La fondation symbolique d'une colonie*, 2ᵉ éd. Paris: Les Belles Lettres.

—, 2011b. "Myth and Performance on the Athenian Stage: Praxithea, Erechtheus, Their Daughters, and the Etiology of Autochthony", *Classical Philology* 106, pp. 1-19.

—, 2012. "Vraisemblance référentielle, nécessité narrative, poétique de la vue. L'historiographie grecque classique entre factuel et fictif", *Annales. Histoire, Sciences sociales* 67, pp. 81-101.

Darthou, Sonia, 2005. "Retour à la terre: la fin de la Geste d'Érecthée", *Kernos* 18, pp. 69-83.

Ford, Andrew, 2003. "From Letters to Literature: Reading the 'Song Culture' of Classical Greece", in Harvey Yunis (ed.), *Written Texts and the Rise of Literate Culture in Ancient Greece*, Cambridge: Cambridge University Press, pp.15-37.

Foucault, Michel, 1969. *L'archéologie du savoir*, Paris: Gallimard.

Goody, Jack, 1977. *The Domestication of the Savage Mind*, Cambridge: Cambridge University Press.

Hartog, François, 2003. *Régimes d'historicité. Présentisme et expériences du temps*, Paris: Seuil.

—, 2005. *Évidence de l'histoire. Ce que voient les historiens*, Paris: Éditions de l'EHESS.

Kilani, Mondher, 1992. *La construction de la mémoire. Le lignage et la sainteté dans l'oasis d'El Ksar*, Genève: Labor & Fides.

—, 1994. *L'invention de l'autre. Essais sur le discours anthropologique*, Lausanne: Payot.

—, 2006. *Guerre et sacrifice. La violence extrême*, Paris: PUF.

—, 2009. *Anthropologie. Du local au global*, Paris: Armand Colin.

Ricœur, Paul, 1983. *Temps et récit I*, Paris: Seuil.

Sebillotte Cuchet, Violaine, 2006. "La place de la maternité dans la rhétorique patriotique de l'Athènes classique (Ve-IVe siècles avant notre ère): autour de Praxithéa", in L. Fournier-Finocchiaro (éd.), *Les mères de la patrie: Représentations et constructions d'une figure nationale, Cahiers de la MRSH* 45, pp. 237-250.

Sahlins, Marshall, 2004. *Apologies to Thucydides. Understanding History as Culture and Vice Versa*, Chicago: The University of Chicago Press.

Sissa, Giulia & Marcel Detienne, 1989. *La vie quotidienne des dieux grecs*, Paris: Hachette.

Sourvinou-Inwood, Christiane, 2003. *Tragedy and Athenian Religion*, Lanham: Lexington Books.

Thomas, Rosalind, 1989. *Oral tradition and written records in Classical Athens*, Cambridge: Cambridge University Press.

Traverso, Enzo, 2006. *Le passé, modes d'emploi. Histoire, mémoire, politique*, Paris: La Fabrique.

第二章
古希腊英雄叙事的历史人类学研究：
区别性比较与诗歌语用学

"我们可以建构这样一种科学，来研究符号在社会生活语境下的存在方式；这一科学作为社会心理学的组成部分也因此构成普通心理学的一部分；我们称之为符号学（sémiologie，来源于古希腊语 semeîon，即'符号'）"①。在索绪尔的思想中，语言作为符号体系的理论与其他人提出的叙述作为"神话"组成部分的进化论观点截然不同，这一断裂具有决定性的意义。进化论观点把叙述纳入一种从原始到文明的脉络时，这种具有哲学特质的观点把多样性简化为一种普世性和一种本质主义；从维柯到卡西尔，神话被本体化（ontologisé），成为人类思想第一次发展的标志。因此，人们总是把处于不同群体环境、在不同的语言使用当中出现的不同形式的叙述与一种原始理性混淆起来②。

---

① 索绪尔（Saussure），1972，p.33。
② 在前人研究的基础上，我已经在拙著导论（2011，pp.19-89）中追溯了这个本体化的过程。

人类学进入普通人文科学,不仅在阅读的层面,而且在解释的层面以及随之而来的对其他文化,特别是对那些被归入"神话"范畴的纪念性叙事的挪用启发了索绪尔。此外,我们应该对文化人类学和社会比较人类学进行持久的批评,以便最终与西方种族中心主义和进化论决裂。从一种反思性的相对主义视角来看,对叙述和文化表征的解读(也就是我们所指称的"神话"),受制于本土视角和学术视角的二元对立。在本章里,我重新探讨对古希腊神话的人类学和结构语言学的解读,以此引入一种语用学的视角。这一视角关注仪式化的诗歌形式,这一诗歌形式激活了在特定历史和文化语境中的"神话"叙述,而且每个特定的神话版本都与这些语境唇齿相依。因此,不是文学,而是通过仪式表演的诗歌形式把有关英雄的往昔与社群奠基人的叙述印刻在集体文化记忆中。

1. 古希腊神话与叙事逻辑

索绪尔认为,有两条语言学原理对严格分析叙事(récits)具有重要意义,这些叙事指的是被我们归入半引申意义上的现代"神话"概念(我们应该区分这一概念与古希腊的神话即mûthos,后者指称所有有效的论证性和思想性话语):

其一,在一个类似语言的符号系统中,无论是从语音的角度("能指"),还是从表意的角度来看("所指"),所有的单元都依据它在与相邻元素的关系中的意义而被定义。

其二,所有的语言和语言体系都只有通过"言语"(parole)实践才存在,言语存在于"述说"(énoncés),其"述说"的每一个独立单元既可从句法联结形式(即横组合层面,dimension du syntagme),也可从替换轴(即纵聚合层面,dimension du paradigme)来考察。

至于对神话的研究,以上两条原则一方面建立在不同的叙述学分析之上,关注神话叙述行为如何以自身的逻辑展开;另一方面建立在结构分析之上,特别是那些对立性叙述逻辑和叙述组织的意义。列维-斯特劳斯具有重要意义的比较研究即由此产生,其著作的标题"神话学"(*Mythologiques*)也意味深长。在"神话学"体系中,通过逻辑转换(范畴原则),每个"神话"只有相对于其他版本的神话才具有意义(意义原则);列维-斯特劳斯认为,这一过程体现在最后的环节——人类精神结构之中。此外,通过同一个神话以及叙述链接的中介作用,叙述在几个层面上被组织起来(如地理、科技—经济、社会学、宇宙论、饮食层面等)。这些层面就是所谓的"符码"。语义学元素也在其中通过语音学模式的二元对立方式进行自我表述,比如我们所熟知的"文化/自然""男性/女性""生/熟"等二元对立模式[①]。这些颠扑不破的秩序建

---

① 除了《神话学》一书的引论部分(Lévi-Strauss, 1964, pp.17-22; cf. Saïd, 2008, pp.121-123),参见列维-斯特劳斯另一部著作里对方法论的强调(Lévi-Strauss, 1973, pp.82-84, 189-193, 244-245, 322-325, 等等)。

立于意义的结构元素之上,其中的二元对立是神话结构分析的推动因素。

2. 句法:叙述功能与"母题素(motifèmes)"

古希腊—罗马神话是首先被论及的神话之一。列维-斯特劳斯重拾俄罗斯民间文学研究者兼形式主义者普洛普(Vladimir J. Propp)的"叙述功能"(fonction narrative)概念,并提出了"神话编制"(mythographe)的概念,他也试图把俄狄浦斯系列神话简化为一个单一的版本,从而把这个神话系列缩减为一个单一的"神话素"(mythèmes)序列,接着他根据范畴中轴,把这一序列组织为一系列的对立项,而这些对立项是建立在对亲族关系的过度估量以及蹒跚的步履与"土生人"之间的关系之上的:比如卡德摩斯的恋姐情节、俄狄浦斯的恋母情节以及安提戈涅的恋弟情节;跛足本身已经镌刻在拉布达克斯(Labdacos)、拉伊奥斯(Laios)以及俄狄浦斯(Oedipus)的名字之中①;"肿起来的脚"也体现在一个矛盾的逻辑中。通过这样的矛盾逻辑,人们试图解决人类的起源以及诞生的问题:人类从一元诞生还是从二元诞生。

但是,如果试图将结构系统化,我们也可以采用普洛普提出的叙述形态学理论,其中涉及叙述功能的序列(有时变为"母题素")以及它们的变量(犯下的错误、缺失、主角的反

---

① 译按:前两位分别为俄狄浦斯的祖父与父亲。

应、以魔法的形式获胜或者经受考验等等)。其中还涉及人物典型的问题(主角、代理人、敌对者、助手等),目的在于摆脱经典的叙述套路:利用叙述逻辑序列(缺失—操控—能力—表现—认可)以及被指称为"行动者"的主角们,因为这些主角对应于一些功能位置(发出者—接受者,主体—反主体,助手—敌手)。这一逻辑建立在各种状态的转化之上,导致思想内容的反转,而这些思想内容又是以对立和矛盾为主线:比如,从自然到文化。由此,特别借助于格雷马斯的贡献,叙述学诞生了[①]。

从文本封闭的结构视角来看,神话从此就被简化为一个神话叙述的编撰版本,而叙述的主线也成为解读情节的推动元素。因此,那些不同类型的叙述,比如纠缠着梯林斯城邦(Tirynthe)的建立者、国王普罗伊托斯(Proïtos)的女儿们的疯癫,或者雅典第一位原生国王凯克罗普斯(Cécrops)的三位女儿里有两位自杀,或者酒神的迷狂吞噬了米尼亚斯(Minyas)——奥尔克美尼斯城邦(Orchomène)的建立者以及米尼亚(Minyens)人的祖先——的女儿们。我们不仅可以把这些叙述简化为同一个故事情节,而且可以对它们进行互相比较。在每个故事当中,疯癫是由一位被激怒的神所导致的:赫拉是由于普罗伊托斯三位女儿的傲慢,雅典娜是由于凯克罗普斯的两位女儿侵犯了她的禁忌,而米尼亚斯的三位

[①] 叙事的经典程式可以采用各种形式,Adam(1991, pp.65-95)对之进行了总结与评论。

女儿,则是由于拒绝献祭而激怒了狄奥尼索斯①。

布尔克特(Walter Burkert)也致力于这种神话编纂叙述学的练习,例如他把有关几位奠基英雄的出生故事——通过叙述他们的母亲——简化为一个由五个相同叙述行为组成的序列:卡莉丝托(Callistô)是阿卡斯(Arcas)的母亲,后者是阿卡迪亚(Arcadia)的建立者;达娜埃(Danaé)是珀耳修斯(Persée)的母亲,后者是迈锡尼的建立者;伊娥(Iô)是埃帕福斯(Epaphos)的母亲,后者是达那埃人的祖先;提萝(Tyrô)是佩里阿斯(Pélias)和涅琉斯(Néleus)的母亲,后者分别是未来的越尔科斯(Iolcos)和皮洛斯(Pylos)的国王,如此等等。一开始,年青的女孩走出童年和家庭(行为一:"离家")。接下来(行为二:"离群索居"),少年时代见证了一个边缘化时期:卡莉丝托陪伴阿尔特密斯在森林中狩猎;达娜埃被囚禁于地下的铜房子里;伊娥被惩罚要一辈子保持童贞,并成为赫拉的女祭司;提萝从小被叔叔抚养长大,最后爱上一位河神并与他交合。后来,少女被一位神所引诱、强奸并怀有身孕(行为三:"诱奸"),比如卡莉丝托、达娜埃和伊娥都被宙斯引诱。宙斯的生殖力可以转变成一阵金雨或者是一种简单的触摸,即使他没有像阿波罗那样以少年神的形象出现;提萝与波塞冬交合时,波塞冬以河流的面貌出现。随后,少女被重重地惩罚了(行为四:"磨难")。比如像卡莉丝托那样变成了一头熊,或像伊娥那样变成了牝犊,或者像达娜埃那样

---

① 有关这三个神话,参考 Dowden (1989, pp.71-95)细致入微的比较研究。

锁在箱子里被扔到了海里，或者像提萝那样遭到继母的摧残。最后，作为生育了未来建国者的母亲，重新恢复了声誉和地位（行为五："获救"）：变成了熊的卡莉丝托被自己的儿子所追赶，最后宙斯把她变成了星座①解救了她；塞里福斯岛（Sériphos）的国王接待并引诱了达娜埃，而后她被自己的儿子珀耳修斯解救，因为后者拿出美杜莎的头吓退了这位追求者；提萝也被自己的孩子们所解救，因为他们杀死了那个残忍的后母；而伊娥与统治埃及的国王特勒格诺斯（Télégonos）结婚，并在埃及引入了德米特崇拜，后来埃及人把德米特崇拜与伊希斯崇拜等同起来。

正如布尔克特在自己的一条脚注里所记录的那样，这一结构叙述学实践往往会导致叙述的版本和意义的极端简单化，并沦为学者编撰神话学的纲要。如果特别考虑到悲剧的表演，其中出现的各种衍变让人震惊：欧里庇得斯将《海伦》一剧搬上舞台，设定了直到卡莉丝托变成熊时，宙斯才与她交合的情节；在埃斯库罗斯的《普罗米修斯》一剧中，变成牝犊的伊娥流浪到了地下的坟墓中，成为一种"磨难"而非"离群索居"。后来，她才与宙斯结合并生下了建国英雄。在埃斯库罗斯的萨提尔剧《渔夫》中，一群萨提尔在塞里福斯岛上解救了达娜埃；而提萝受到后母西德嫮（Sidérô）摧残的故事，不仅是索福克勒斯的虚构，因为他为这两位女主人公创作了两部戏剧，而且还把她和波塞冬的交合安排在两个孩子的出

---

① 译按：即大熊星座。

生之前①。

从布克特的民族志和进化论的角度来看,这一叙述主线符合普洛普所定义的叙述功能理论(一种建构在大量叙述文本之上的形态学),并接近仪式行为模式,这一模式构建了过渡仪式,或者更确切地说,是部落的接纳仪式,其中包括三个经典的阶段:(与童年世界)分离—边缘化时期(标志是象征性死亡)—(以一种新的身份)进入成人社群;而这一仪式化的文化行为自身也引出了人在生理发展中的基本功能:青春期、失去童贞、妊娠、分娩。

3. 比较叙事学的实践

如果这种形式主义的分析不一定保证可理解性,那么反过来说,这一叙述模式是一种很有效的比较研究工具,比如当我们比较两种隶属于不同文化的"神话"叙述时。因此,我们可以比较赫梯人的神话中暴风神与巨龙伊鲁扬卡斯(Illuyankas)的格斗,以及宙斯与百头蛇怪提丰(Typhon)的格斗。旧的赫梯神话版本和更新的版本可以被简化为八个"母题素"(这一概念涉及行为和功能的语义学价值),是"格斗叙述"的特点:英雄和对手之间的格斗、英雄的失败与战乱、凡

---

① Burkert, 1979, p.7 并见 n. 20;参见欧里庇得斯:《海伦》,375-380(卡莉丝托);埃斯库罗斯:《普罗米修斯》,829-835,846-851(有关伊娥遭受的磨难的真正含义,参见拙著 2000, pp.124-130;伊娥在埃及成婚的故事最早见于阿波罗多洛斯:《神话宝库》,2.1.3);埃斯库罗斯残篇, fr. 161-162 Radt(达娜埃);索福克勒斯残篇, fr. 463-464 及 fr. 648 Radt(提萝);另见 Gantz, 2004, pp.306-309。

人的协助、助手迷惑对手、对手失去优势、英雄战胜敌人、作为凡人的助手牺牲等等。这些场景我们都可以在动作电影或者连环画中找到对应情节,之后也可以试图在人类的生物特性当中分析,这些动作程序的痕迹如何印刻在那里①。

但特别要指出的是,这一剧情也可以让我们比较两个不同版本的赫梯神话以及古希腊神话,并且从叙述逻辑的观点注意到这些奠基性叙述中两个连续性动作的意义:提丰一开始战胜了宙斯,制止了宙斯用镰刀割除它身上的毒蛇的行为,虽然宙斯已经挑出了它的手筋和脚筋;赫尔墨斯和埃及潘(Aegipan)偷走了这些筋腱,并交给了巨龙德尔福内(Delphyné),后者把它们藏到了一个洞穴里,从而保证了宙斯最终用雷霆战胜了提丰。但是,如果神话版本本身是区分性的,这一比较研究就不具有重大意义②。布尔克特试图解释古希腊"母题素"的缺失,特别是涉及叙述谱系中助手的死亡这个问题。希腊神话的这一版本很可能假道西里西亚(Cilicie),而被取自赫梯神话的最新版本希腊化了。文本的形式和功能被抽象化,因此两个赫梯神话的版本成了古希腊神话版本的脚本,后者被记录在归于阿波罗多洛斯名下的《神话宝库》中。这就意味着铭文中的仪式特性体现了新旧两个版本的赫梯神话,并隐约地体现在叙事学分析中。然而铭文又呼唤着赫梯国的丰裕和富饶。这一叙述行为把神话

---

① 赫梯神话的楔形文字铭文已经得到翻译(参考《古代近东文本汇编》,125-126),布尔克特对此做了评论,参考 Burkert, 1979, pp.7-10, 14-18.

② 关于"区分性"比较研究,参考 Heidmann, 2006。

的诵读与敬风神仪式紧密相连,尤其是体现在内里克(Nerik)这座城市的"普鲁里节"(pouroulli)中,而这座城市也是赫梯王国的重要宗教中心之一。

作为仪式的内在组成部分,这一双重版本的神话诵读也在其他地区举行,并由神的祭司完成。这一神话诵读表明了当地崇拜内里克的"暴风神"的缘由①。对我们来说,这个文本的结束伴随着仪式行列以及一些事先设想好并且具有严格秩序的迎神仪式。在宗教仪式中,这一双重叙述不仅承担了颂歌的任务,还构成了一种仪式行为;这些不同的实践形式叙述了不同的故事情节和重要的角色,而后者有效地激活了在特定制度和文化语境下的政治和宗教功能。在这一文化背景中,"神话"叙述获得了自身的意义,同时借助有效的仪式也承担了一定的社会功能。从另一方面来说,为了进行叙述学的比较研究,布尔克特选择了归在阿波罗多洛斯名下的一个晚期神话编纂版本。这位古希腊宗教历史学家把神话叙述系列简化为几个母题素,在一个特别的情况下,突出强调了这一神话中宇宙论和涉及山林的地理学。也许我们可以重构赫西俄德《神谱》中史诗吟唱版本的仪式化层面,特别关注这一原始的斗争如何释放了宇宙的力量,以及如何搅动了宇宙的构成性元素②。但是即使神创论的叙述逻辑确保了宙斯最终的统治地位,这一逻辑无疑还是排除了宙斯战败

---

① 参见 Labat, 1970, pp. 513,519,526-529。
② 参见赫西俄德:《神谱》,820-860 以及 West(1966, pp.379-397)的评注。这让我们注意到,提丰这一形象及其行为接近于胡利安人王权更替神话中乌里库米(Ullikumi)的怪兽形象。

的潜在可能性,以及作为助手的另一位神明的介入。宙斯作为神明和人类的主宰,在这个双重创世论以及与提坦神的格斗中,只能以唯一不可挑战的主角面目出现。此外,在叙述序列中,这一简单化的叙事承担了与赫梯神话一样的起源性价值,因为在以现在时作为时态的叙述中,这一不可预测的、既掀翻了船只也摧毁了庄稼的狂风是提丰的拟人化,而他的过去之身则被宙斯抛入了塔塔罗斯地狱(Tartare)。

4. 语义学:符码和二元对立

从神话作为叙事的横组合逻辑(la logique syntagmatique)过渡到纵聚合(paradigme)层面的语义结构,马塞尔·戴地安(Marcel Detienne)恰如其分地借鉴了列维-斯特劳斯,特别是他关于语义学材料如何以层积累叠的方式组成一系列"符码"(codes)的观点。这一关键概念,作为结构分析的主要工具,从叙述逻辑过渡到意义结构,并再一次涉及二元对立的问题。这一二元对立促使我们解释在古希腊的叙述和仪式语境中,隐喻性意义如何被归属于植物和动物上,并具有生态学的意义。这一二元对立也使我们能够以对立的方式结构这些意义:文本的世界不再以线性的方式发展,而是以深度结构的方式发展,同时与周围的环境相关联,就如一个互动的由各种"再现"构成的整体,好似预言了后现代的文化相对主义所推崇的一个概念。

其中最有名的一个结构主义研究正是戴地安自己的研

究。他将阿多尼斯的园圃与农业劳作对立起来,因为前者的繁盛期稍纵即逝,并且具有虚无性,而后者通过长期的劳作而获得了谷物的丰收;前者涉及阿芙洛狄特以及其他短暂的情欲诱惑,而后者涉及德米特,也就是具有合法性的丰产的婚姻,因此谷物的丰收确保了人类的生存。在明塔(Mintha①)神话中,那香气沁人心脾、情欲撩人的薄荷构成了一种特定的氛围,但同时又过于潮湿并带来流产的危险,因为明塔在地底下与哈德斯终身为伴。相反,在冥后珀耳塞福涅(Perséphone)与哈德斯的合法婚姻以及与家人相聚的场景中,德米特成熟的果实受到冥后的青睐②。这些对立元素通过给予神明和植物的意义来体现,也同时导致了阿多尼斯节(Adonia)和地母节(Thesmophoria)的二元对立:在神力方面,阿多尼斯和他的情人阿芙洛狄特不同于德米特以及她的女儿珀耳塞福涅;在社会原则中,情人对立于合法配偶;而从性行为的角度来看,性关系对立于性节制;从暗指的植物来看,一方面是熏香和没药,另一方面是牡荆;阿多尼斯节上香料的滥用,而地母节上对摄人心魂的香气的排斥,等等。从《荷马颂歌》到奥皮安的《捕猎术》,直到奥维德的《变形记》或者归于亚里士多德名下的《难题种种》,如此多的"符码"都在古希腊神话中以语义学元素表现出来。对古希腊神话的语义学元素的组成和使用只有在一个前提下才能实现,即认为叙述的整体体现了一种"思想的神话学框架",在这一框架中通

---

① 译按:该词意为"薄荷"。
② Detienne, 1989, pp.141-184.

过不同的话语展开了一种"神话学—知识"[①]。

此后,很多学者在对古希腊神话进行符号学研究时,试图把聚合体层面和组合体层面联系起来,但往往把一个层面简化成另一个层面。如是,在盎格鲁—撒克逊学界,在克尔刻(Geoffrey S. Kirk)的协助下,《荷马史诗》里奥德修斯和独眼巨人的对峙,可以用列维-斯特劳斯的视角把这一叙述变为"独眼巨人神话"。当我们把叙述功能简化为固定出现的特征时,《奥德赛》中的独眼巨人就摇摆于如下两极之间:"全然未开化"(或称"野蛮")和"相对文明化"。一方面,独眼巨人忽略作为粮食的谷物,而以食人为生,而且不识神明和人间法则;另一方面,他作为牧羊人珍爱他的羊群,爱喝羊奶并承认波塞冬的力量。那些居住在独眼巨人波吕费摩斯的洞穴周围的其他独眼巨人,则同时具有(全然)开化和未开化的特点:他们接近神明,所以享有黄金时代,不需要农业生产或者是酿酒,但是他们并不知道如何结成群体,或者什么是习惯法,并且一点也不尊敬宙斯。因此,在诗歌模棱两可的表述中,通过法则与自然的对立,这一神话把"那些对立元素结合为一个奇异的共同体"。从这一角度来说,《奥德赛》里的独眼巨人和波吕费摩斯可以被比作阿卡迪亚史诗中的吉尔伽美什或者被比作客戎以及他的人马兄弟们,因为他们介于自然和文化之间,具有半动物的存在特性,而且他们的行为

[①] Detienne, 1989, pp.31-32.

有时很粗暴①。

但是在各种纷繁复杂的叙述"符码"中,以及在对所谓普世的文化概念的结构性叙述中,我们应该关注逻辑的作用,因为其中涉及叙述的语法:这里更多指涉一种"模糊不清而又对立的逻辑",而不是一种排除矛盾的逻辑。因此,韦尔南提议应该把赫西俄德在诗歌里创作的两个潘多拉神话版本结合起来。潘多拉作为古希腊的第一位女性,在叙述逻辑中暗指普罗米修斯创建的制度,这一制度涉及如何分担祭祀。这些对立以及相似性体现了语义学与文化语境的关系,而模糊性逻辑贯穿赫西俄德的两个叙事版本,使我们可以重构一种相似性,而这一重构建基于倒转作为谷物化身的潘多拉以及普罗米修斯的形象。宙斯为了惩罚人类而对其隐藏了前者,而普罗米修斯隐藏了为神明准备的肉食以此送给人类。这一相似性的反转也体现在女性的腹部以及胃部之中。前者储存男性的精子以生育下一代,并保证生生不息,而后者隐藏了献祭的肉食,因此也区分了神明和凡人。在一定程度上,这一给予也是一种剥夺,这一模糊性因此也成为人神关系的标志。于是,人的境况也就受制于这一含糊的象征,其中混合了善与恶、生与死②。

这些类似性和反转性在一个围绕"相同与异质"不断轮

---

① 参考 Kirk(1970, pp.132-171)的比较研究。请同时参考 Borgeaud(1979, pp.73-114)关于狩猎和养殖、自然和文化以及与潘神相关的乡间景色的研究。

② 参考 Vernant(1974, pp.177-194)里的《赫西俄德的普罗米修斯神话》一文,其中244-250页谈到了方法论(引文出处见250页);另见 Csapo 对"符号学矩阵"基础的系统化尝试,2005, pp.247-261。

回的语境下,以叙述逻辑展开,并用各种方式组织性质迥异的"神话",正如在纳尔西斯神话和赫拉克勒斯神话那里:一方面,一个少年拒绝情欲的诱惑,这一诱惑因他的柔美而引起,由于他在镜中被自己的美貌所吸引,因此混淆了他人与自己,也导致了爱慕他的人,即他自己的自杀;另一方面,作为一位带来文明的英雄,赫拉克勒斯在不同的社会阶层中斡旋,他的生平(仅限于他的"伟业")也镌刻在一种带有贵族烙印的逻辑中——这一逻辑建立在矛盾的"母题"和"形式"之上(获得—未获得,必然性—自由),并且把这两个概念归于他自己和为别人而做的"伟业",这些"伟业"在古希腊的意义系统中涉及利益与荣耀、报酬与徒劳、奴役与自由,等等①。

5. 语用学:表演中的叙事

我们已经指出,符号学分析通过不同的叙述学模式以及结构语义学,总是把我们认为属于一种特定文化的神话学的各种叙述简化为神话编撰的简单叙述;它还常常把叙述与它们的相关文本以及语境割裂开来。在列维-斯特劳斯的一个具有代表性的研究当中,他承认某些语义学内容的符码结构物依赖并指涉相关的文化现实。其中涉及地理、技术—经济以及社会学等"层面",还包括宇宙论符码,带动了四个不同版本的"阿斯迪瓦尔的武功歌(geste d'Asdiwal)"。这一英雄

---

① 分别参见 Pellizer(1991, pp.46-58)对纳尔西斯神话叙事的不同版本给出的叙事学分析,以及 Csapo(2005, pp.301-315)所给出的结构研究。

叙述生动地展示了一次浪迹,目的在于重新定位钦西安(Tsimshian)的部族、经济和文化制度①。从结构主义的视角来看,表面上构成奠基英雄的长篇叙述行动的那些段落,更多地以深度"模式",而不是"符码"组织起来。这些"模式"像旋律上的对位那样以二元对立的方式相互交织。提到音乐创作,可以说旋律的对位导致了女性向男性的转变。女性以东西横轴线来表示,其特点是饥荒以及运动,而男性则以上下纵轴线来表示,其特点是充足和稳定。

然而,列维-斯特劳斯认为,如果考虑神话的"信息结构",便涉及与(外部)现实的一种辩证层面上的关联。比如,神话叙述推翻了制度,而通常前者会考虑到后者。因此,当我们关注一个"弱化"的版本时,在模式的引导下,叙述的转变在几个不同的层面进行,也指涉了那些因叙述而为人所熟知的故事以及文化传递。总之,列维-斯特劳斯的分析所提出的问题,关乎神话叙事的外部指涉。

6. 神话、虚构和指涉

不过,如果我们忠于索绪尔的话语分析原则,"神话"的指涉,不仅涉及意指外部并从中引导出神话的象征体系的那个整体,而且还涉及叙述形式与话语形式的语用维度,这一维度指向一个特定的社会和制度环境。通过往往是仪式化的话语,神话作为语言的产物不仅把我们引向一种文化生

---

① 列维−斯特劳斯(Lévi-Strauss),1973,pp.175-233。

态,还引向建构了该种生态的"再现"整体,以及使神话创造合法化的各种制度。我们不应该忘记,神话叙述也是信仰的对象。从这一角度来看,它具有一种话语指涉性和有效性。从功能人类学的角度来看,马林诺夫斯基(Bronislaw Malinowski)一方面指出,在语句的层面之外,"真正的语言事实,是处于某种情境中的完整述说",另一方面他又认为,传统的叙事超越其娱乐功能,担负起一种重要的文化功能,也就是"维持社会秩序"[①]。可以说,马林诺夫斯基已经预先把我们置于"神话"的标签下的叙事,奠定在后来成为话语的语用学的基础之上。远在赛尔(John R. Searle)加入讨论之前,马林诺夫斯基已经开始关注陈述:陈述促成一个行为的完成,虽然它并不完全等同于这个行为本身。通过对超卜连群岛土著(Trobriandais)的人类学研究,马林诺夫斯基指出,尤其是在神圣化的叙述中,被表述的词语和行为具有相同的作用;在语用的层面上,他发现了一种"表演性"。因此,人们常常认为虚构叙述的故事把英雄和神明的形象搬上舞台,确实呈现出一种强烈的语用维度,这不仅是由于它们对外部的指涉,而且也由于演出和陈述发生的情境。

但矛盾的是,当我们用话语的语用层面代替结构层面时,前者涉及叙述虚构在神话创作中模棱两可的角色。如果用一种开放的语言哲学观点来看,这个问题涉及叙述的生产和接受条件,并决定了叙述作为神话的事实和虚构特色。这

---

① Malinowski(1974, pp.245-285);关于这一点,参考 Adam(1995, pp.234-243)对话语语言学和符号学的反思。

些都取决于作者的意图以及在接受叙述时它所引发的推论。有趣的是,叙述虚构只是一个假象①。事实上,如果神话话语具有有效性,那么只是因为叙述虚构和文本世界与文化"再现"的世界紧密关联,并且对应于一个以时空为标志的信仰世界,因为在总体上,作为传播形式的仪式化的诗歌形式和实践形式是通过美学和情感而融入这一世界中的。

希腊英雄叙事被一种拥有文字的本地文化转化成书面的"神话",并且在启蒙时代成为"寓言",这一过程在随后又被人类学传统转变为"希腊神话"和"希腊神话学"之前,是在诗歌中并且通过诗歌得以完成,它们已经在特定的仪式和文化语境中发挥了积极作用。这些英雄叙事通过不同的诗歌类型以及形式展现在我们面前:荷马史诗、歌唱诗、颂歌、悲剧表演,等等。忽略这一方面,就意味着模糊其主要的意义效果,也意味着抹杀叙述版本的多样性。这种多样性正是不同文类规则所必然要求的,涉及在不同仪式叙述语境和历史情境中的实践和制度元素,并催生了叙述的创作。因此也就意味着遗忘语用层面及其能指功能。举例来说,雅典的奠基英雄少年忒修斯跳入爱琴海的故事,以及造访他的继母——女神安菲忒里特(Amphitrite)的故事。在叙事本身当中,正是被七对童男童女所颂扬,因为忒修斯把他们从人身牛头怪的獠牙中解救了出来。随后,诗歌叙事连同其音乐和仪式表演,又成为双重语用呈现的对象:其一,以图像的方式。希波

---

① 参考 Searle 的著名论点(1979, pp.65-66);参考 Genette 有价值的评论(2004, p.143)。关于古希腊神话,参考 Delattre(2005, pp.34-43)。

战争一结束,人们就在雅典集会广场附近的忒休斯神庙(Théséion)的墙壁上镌刻了与这一叙述相关的铭文①。其二,以诗歌的方式。合唱歌队表演了巴库里德斯创作的酒神颂歌,以此来颂扬提洛岛的阿波罗。因此,这一诗歌叙述是在一个重大的节日里被表演,而这个节日又在提洛岛召集了雅典人控制之下属于同名联盟的希腊城邦的代表。

因此,诗歌自身以及以诗歌为媒介,"神话"作为英雄叙事通过话语形式建立了与世界的复杂的指涉关系。这些关系同时涉及语义学和比喻、句法学和逻辑学、实践性和功能性以及仪式和制度。但是在诗歌创作以及音乐和仪式表演的时刻,语义和逻辑的融合内在于所创造并且虚构的话语(或图像)世界,很大程度上(并且很矛盾地)依赖于与外在自然和社会实践的融洽关系。通过具有创造力的诗歌想象、口头有节律的表达以及每个人口中的陈述性和实践性指称,古希腊神话不断地被重塑,而且证明自身是诗歌、音乐以及社会行为的有效表达方式。通过富有节律的诗歌形式以及仪式化的表现形式(其中也包括"游戏性"的构成因素),古希腊英雄叙事创造了"可能的世界",也成为象征建构、"人类学诗学"(anthropopoiétique)建构,以及社会自我获得文化和宗教身份的重要推动者②。这一身份在制度性接受语境中,根据政治和文化建构而不断变化,因为文化建构为其提供了语

---

① 保萨尼阿斯,1, 17, 3-6 以及巴库里德斯,17;参阅拙著 2006, pp.143-194。关于不同的古希腊神话表演形式,可参考 Graf, 1993, pp.142-168 及 Buxton, 1994, pp.18-52。

② 关于"人类学诗学"这一概念,参考 Affergan, 2003,尤其是 pp.17-74(关于"虚构"这一概念,参考 pp.75-98)。

境,也为其建构了指涉世界。

因此,我们摒弃所有的文本结构原则,古希腊神话的叙事学和符号学分析只能是语用分析,也就是广义上的人类学分析。这是本章的研究将会得出的五个结论中的第一个。

7. 萨福:对诗歌仪式当时当地(hic et nunc)的引用

这一论点可以简洁明了地用萨福的一首歌唱诗来解释。该诗创作于公元前6世纪初的莱斯波斯岛。虽然只剩下残篇断简,但这些爱奥利亚节奏的诗句可以阐明一种语言的关联,也就是几乎所有的歌唱诗都把公民共同体中的英雄往昔(所谓的"神话")与歌唱诗在当时当地(hic et nunc)的表演(从属于某个"仪式")交织在一起:

此时此地,你在我身旁〔显现……
强大的赫拉,你的〔美……
当年阿特琉斯的儿子们曾向你呼告〔……
那些英名卓著的君王。

当他们在伊利昂〔……
完成举世无双的伟业〔……
随即离开,返回此地〔……
但他们无法做到,

第二章 古希腊英雄叙事的历史人类学研究:区别性比较与诗歌语用学

除非向你还有掌管乞援者的宙斯呼告〔……
还要向西奥妮的爱子〔……
此刻愿你〔广施恩慈……
一如往日。

你的美激发崇仰之情〔……
……〕妙龄的少女〔……〕①

在诗的第一行里,作为前缀和连接元素的 dé② 着重点出了诗歌表演的当时当地对女神赫拉的召唤:这是一种视觉展示(demonstratio ad oculos)的话语行为③。一瞬间,在对赫拉的直接召唤中,"陈述时刻"指涉一种语言表达,呼格指示了诗歌表演的当时当地性。在这一文本的即时状态中,时间性并没有受到严格的规定;相反,萨福同时代的歌唱诗诗人阿尔凯乌斯的诗歌却体现了对空间的界定。阿尔凯乌斯的诗歌也同样与三位神明对话,而他们也出现在萨福的诗句里,共享一个空间:宙斯是祈援者的保护神,爱奥利亚的赫拉是万物之母,而狄奥尼索斯吞食生肉。在这首同样以爱奥利亚节奏为主的诗歌里,一些指示元素不仅展示了诗歌被合唱队唱诵时,构成"说话人"(persona loquens)的不同的叙述人称

---

① 译按:此处的中译文译自法文,与希腊原文或有出入。
② 译按:希腊文小品词。
③ 萨福,残篇 17 Voigt,特别参见 Aloni(1997, pp.28-29)的注疏,其中给出了多种参考文献,各自以不同的方式来补全这一缺漏甚多的残篇。拙著(2010a, pp.120-124)对这一残篇进行了更为细致的分析。

即"我/我们",而且也表明这些合唱队身处泛莱斯博斯岛的神庙里,而这些神庙常常祭奠这三位被召唤的神明①。这首诗歌的创作来自特定的历史语境,成为从僭主必达科斯(Pittacos)手中解救莱斯博斯岛上的城邦密提林(Mytilène)的前奏。此外,阿尔凯乌斯的另一首诗歌让我们了解到,在这一共属岛上不同城邦的神庙里,也举行着著名的女性选美比赛。为了她们,萨福特地以审美的方式以及诗歌语言的魅力赞颂女性的完美性②。

因此,在这一文化空间中,合唱队颂唱着萨福的诗歌,以召唤女神赫拉。为了提高这一颂歌的有效性,歌队提及一个"神话"事件,这一事件发生在具有典范意义的英雄时代:从特洛伊战争回来的阿特琉斯之子③,曾逗留在这同一个供奉赫拉的地方。但是意味深长的是,萨福选择的希腊英雄归来的版本与荷马史诗的英雄归家(Nostoi)版本不同。特别是,萨福的版本和《奥德赛》提及的史诗版本,即涅斯托尔、狄奥墨德斯以及梅内劳斯途经莱斯博斯的篇章有所区别④。萨福对这一简短的叙述重新改写,将重点放在了莱斯博斯岛。不仅阿伽门农赞颂了这座岛屿,而且作为当地三位主神之一的赫拉(还有作为祈援者保护神的宙斯以及西奥妮的儿子狄奥尼索斯),似乎也确保古希腊英雄的回归之路。

---

① 阿尔凯乌斯,残篇 129 Voigt;关于这座"泛莱斯博斯"(panlesbien)神庙的政治意义,尤见 Burnett, 1983, pp.157-163。
② 阿尔凯乌斯,残篇 130 B, 17-40 Voigt。关于细节,参阅拙著 2010a, pp.122-123。
③ 译按:即阿伽门农和梅内劳斯。
④《奥德赛》,3, 165-172;Page(1959, pp.59-62)评论了莱斯博斯的"回归"故事通行版本的不同之处,尤其是阿伽门农出现在该岛的可能性。

凡此种种都在表明,以召唤赫拉的介入为据的"诗的论证",是建立在一种"神话编纂"(mythographie)的活动之上的,虽然"神话编纂"这个词尚未出现。在此,诗歌只是提到了某些情节元素以及援引了某些来自英雄事迹的专有名称。然而,除了这些细节外,在萨福的神话编纂叙述中,英雄事迹发生的时间和地点与诗歌吟诵的时空显然密切相关,这一"颂歌行为"(song act)也就等同于诗歌的创作:"神话"的层面从某种程度上来说穿透了"仪式"的层面!因此,不仅过去行为的发生地点使用指示副词 tuíde(意思是"这里,在我们眼前",诗行7),而且当陈述阿特琉斯之子的归家(nostos)时,赫拉也总是作为你(tu)而在场。因此,在这首具有重要语言维度的诗歌中,埃米尔·本维尼斯特所区分的双重陈述层面在此汇合了。那些以"你/我""这里、现在"为主要标志的"话语"层面构成一种"陈述的形式工具",与以"他/她""那里以及那时"为形式标志的"历史"层面或者"叙事"层面重合①。

从这一空间同一性出发,英雄事迹的过去时也回归到了诗歌文化实践的现在时,其标志是 nûn dé("这里和现在",诗行11)的表达方式。这一指示词常常出现在"歌唱诗(mélos)"这一类型中。此外,奥克叙林库斯发现的纸草残篇,使我们重获萨福的这首诗歌,也让我们猜测,有一位或者几位少女(诗行14)参与了构成诗歌的"当时当地"的仪式活动。这一信息引发我们想象:有关阿特琉斯之子在归家途中

---

① 参考 Benveniste, 1966, pp.237-250, 258-266;关于"话语"(discours)和"历史/叙事"(histoire/récit)的交叉性,拙著(2005)从指示词的示意动作角度做了探究。

经过莱斯博斯岛的神话叙事,是被一群年青少女组成的合唱队歌唱的。很有可能的是,神话叙事在"当时当地"的诗歌的合唱表演那里,获得其符号——叙述意义上的认可。

  此外,并非偶然的是,在这一英雄事迹的过去时和诗歌仪式叙述的现在时重合的语境下,阿特琉斯之子返乡的时间似乎被指称为 palaión("往日、往昔",诗行 12)。对于古典希腊文化来说,palaión 这一术语指涉一个本地概念,可以代替现代的"神话"概念,而后者已经通过比较文化人类学的媒介进入了我们的一般常识。由于人类学尊重本地术语的"区别性"(émique)分类,在这里,我们更倾向于追随最早的古希腊历史编纂学家。为了避免所有关于神话都是虚构和奇幻的偏见和误解,我们更倾向于在指涉神话(mythe)时,使用 palaión, arkhaîon 甚至 lógos 等词。实际上,在希腊的古典时期,这些术语指称了与英雄时代相关的叙述行为,但这一叙述行为指涉当下,通过话语形式促成了当下的可塑性①。

8. 虚构和表演之间的神话

  神话的诗学一方面以陈述和符号叙述的方式构建了一个语义学的世界,因为古希腊神话的话语形式本身也具有仪式化特点;这一话语(legómenon)形式同时也是一种行动(drómenon),或者说是呈现方式,只要在赞颂诗中提及的英雄

---

① 关于 palaión 和 arkhaîon 这两个概念,参阅拙著 2011, pp.60-70。

第二章 古希腊英雄叙事的历史人类学研究:区别性比较与诗歌语用学

行为涉及歌颂的行为,那么后者便相当于一种仪式行为。这一以表演为目的的语用层面的关系,通常通过诗歌叙述事件的过程被强化,这些事件正好发生于仪式的起源,其中加入了诗歌表演。奠基叙述和仪式的起源关系包含了一种叙述,它与古希腊神话学的实践层面密切相关[①]。因此,通过音乐诗歌或者舞蹈诗歌,我们参与了戏剧性神话叙述的美学表演,并将之贴上"虚构"的标签。诗歌实践融贯了内在于这个世界的叙述和语义学关系,并且特别涉及历史、文化以及宗教语境,与这一当时当地的世界密切互动。

没有什么比像卡西尔提出的神话概念,因其所带有的进化论观点,更加错误的了。没有什么比他对语言(Sprache)、神话(Mythos)和认知(Erkenntnis)这三个阶段的区分更加人为的了:语言作为意义的具体表达;神话作为思想形式以及自我和灵魂的表达;还有在概念层面上作为科学知识的认知[②]。因此,神话作为德国观念主义的终极化身也被本体化了。以上是我们的第二个结论。卡西尔把神话升格为一种实体,以便更好地为如下观点辩护,即欧洲思想固有的特点在于不断地向理性进步,古希腊神话也再一次保证了"从神话到理性"这一幻想出来的转变[③]。

这也引出了我们第三个结论性的观点:今后我们用"(古

[①] 关于神话叙述的起源性作用,特别是涉及仪式的方面,参考 Graf, 1993, pp.101-120 和 Delattre, 2005, pp.185-222。

[②] 参考《象征形式的哲学》,Cassirer, 1973, pp.104-122。

[③] 对本体化这一概念的批评,请参考 Detienne, 1981, pp.87-123, 225-242;以及拙著 2011, pp.19-41。

希腊)神话"来称呼的由叙述构成的广阔领域,应当与所有普通意义上的"虚构"这一概念保持距离,前者不享有任何语义上的自主地位以及结构上的封闭性。当我们把可塑并不断演化的语义世界简化为一系列得到人工智能研究青睐的二元对立时,从理智上来说无疑是既令人满意又令人安心的,但从实践人类学的角度来说,这一建构站不住脚。在这一封闭系统中,对神话的符号学分析让我们面临一种新的欧洲中心主义的风险。人类学相对主义的视角也可以被应用到我们对神话的解读中,而在特定情境中语用开放性涉及了特定的时空,使我们无论从诗学多义性还是从文化和美学的创造性层面,都可以重构这些叙述。

第四个结论:"神话"通过语音元素创造节奏,通过陈述句法融合"叙事"(récit)和"话语"(discours),通过建立于隐喻和指示性语用的诗歌行为之上的诗歌语义而被创造出来,并且与诗学相融合,这一诗学在古希腊语境中既有指涉性,又有实践性。英雄神话的时间性和空间性通过诗歌的诵读指涉仪式表演的当时当地性。在一个仪式化的政治、宗教语境或者历史文化语境中,这一时空共存性与当下性,获得了它们的融贯性和真理性。作为口头诗歌创作,虚构的英雄叙事作为一种实践知识,产生了一种"人类学诗学"(anthropopoiétique)的效果,后者不仅体现在集体实践这一基本美学上,而且也体现在集体记忆的象征思维上。这一集体记忆还受制于文化创造和文化重构的偶然性因素。

因此,我们得出了第五个结论:在历史文化人类学侧重语用层面的研究中,我们把虚构叙事称为"神话",并以原生的象征和美学有效性重新解读另一个文化的叙述。在此,这一语用层面促使我们关注到叙述的句法层面(根据传统叙事学的原则)以及潜在的语义层面。最终,它也促使我们区分不同的陈述步骤,通过话语形式,特别是诗歌话语形式,这些步骤指涉陈述语境以及在制度和文化层面上的语用语境,也展示了不同文体的规则性。

此外,我们对异文化的观察,只有在偏离我们自身的文化及学术范畴时才能获得合法性,也因此具有批判性,所以我们认为,在一个后现代正在终结的时代,是时候摒弃相对文本主义了,因为这一文本主义源于新自由主义的经济和竞争的意识形态。被我们视作虚构的叙事所具备的美学效果以及情感作用,一方面要在营造了这一虚构叙事的世界里寻找,同时也要在形塑了这一世界的话语和诗学方式里寻找。

虚构叙述作为一种沟通方式,为了实现其效验,必须具有"指涉性"[①]!如果与其他文化进行比较,则可以看到,只有经济自由主义语境下的后现代性,可以为纯粹游戏性和美学的、奢侈的虚构买单,也就是说,让虚构完全脱离它在其中产生效果的那个世界。而生机勃勃的古希腊英雄叙事对此做出了有力的反驳。

(范佳妮 译)

[①] 以仪式化的诗歌形式印刻在公民记忆里的古希腊"神话"为例,拙著2010a以及2010b发展出一个矛盾形容法意义上的概念:"指涉性虚构。"

参考书目

Adam, J.-M. 1991. *Le Récit*, Paris, PUF.

—, 1995. "Aspects du récit en anthropologie", in *Le Discours anthropologique. Description, narration, savoir*, éd. J.-M. Adam (et al.), 1995. Lausanne: Payot, pp. 227-254.

Affergan, F. (et al.), 2003. *Figures de l'humain. Les représentations de l'anthropologie*, Paris: Editions de l'EHESS.

Aloni, A. 1997. *Saffo. Frammenti*, Firenze: Giunti.

Benveniste, E. 1966. *Problèmes de linguistique générale*, Paris: Gallimard.

Borgeaud, P. 1979. *Recherches sur le dieu Pan*, Genève: Istituto svizzero.

Bremmer, J. (éd.) 1987. *Interpretations of Greek Mythology*, London: Croom Helm.

Burkert, W. 1979. *Structure and History in Greek Mythology and Ritual*, Berkeley: University of California Press.

Burnett, A. P. 1983. *Three Archaic Poets. Archilochus, Alcaeus, Sappho*, London: Duckworth.

Buxton, R. 1994. *Imaginary Greece. The Contexts of Mythology*, Cambridge: Cambridge University Press.

Calame, C. (éd.) 1988. *Métamorphoses du mythe dans la Grèce antique*, Genève: Labor et Fides.

—, 2000. *Poétique des mythes dans la Grèce antique*, Paris: Hachette.

—, 2005. "Pragmatique de la fiction: quelques procédures de deixis narrative et énonciative en comparaison (poétique grecque)", in *Sciences du texte et analyse de discours. Enjeux d'une interdisciplinarité*, éds. J.-M. Adam et U. Heidmann, Genève: Slatkine, pp. 119-143.

—, 2006. *Pratiques poétiques de la mémoire. Représentations de l'espace-temps en Grèce ancienne*, Paris: La Découverte.

—, 2010a. "Fiction référentielle et poétique rituelle: pour un pragmatisme du mythe (Sappho 17 et Bacchylide 13)", in *Mythe et Fiction*, éds. Danièle Auger et Charles Delattre, Paris: Presses universitaires de Paris Ouest, pp. 117-135.

—, 2010b. "La pragmatique poétique des mythes grecs: fiction référentielle et performance rituelle", in *Fiction et cultures*, éds. Françoise Lavocat et Anne Duprat, Paris: Société Française de Littérature générale et comparée, pp. 33-56.

—, 2011. *Mythe et histoire dans l'antiquité grecque. La création symbolique d'une colonie*, 2e éd. Paris: Les Belles Lettres

Cassirer, E. 1973. *Langage et mythe. A propos du nom des dieux*, trad. O. Hansen-Love, Paris: Minuit.

Csapo, E. 2005. *Theories of Mythology*, Malden: Blackwell.

Delattre, C. 2005. *Manuel de mythologie grecque*, Paris: Bréal.

Del Ninno, M. (éd.) 2007. *Etnosemiotica. Questioni di metodo*, Roma: Meltemi.

Detienne, M. 1981. *L'Invention de la mythologie*, Paris:

Gallimard.

—, 1988. "La double écriture de la mythologie", in *Métamorphoses du mythe dans la Grèce antique*, éd. C. Calame, Genève: Labor et Fides, pp. 17-33.

—, 1989. *Les Jardins d'Adonis. La mythologie des aromates en Grèce*, Paris: Gallimard.

Dowden, K. 1989. "Death and the Maiden. Girls' Initiation Rites" in *Greek Mythology*, London: Routledge.

—, 1992. *The Uses of Greek Mythology*, London: Routledge.

Edmunds, L. (éd.) 1990. *Approaches to Greek Myth*, Baltimore: The Johns Hopkins University Press.

Gantz, T. 2004. *Mythes de la Grèce archaïque*, trad. D. Auger et B. Leclercq-Neveu, Paris: Belin.

Genettte, G. 2004. *Fiction et diction, précédé de Introduction à l'architexte*, Paris: Seuil.

Graf, F. 1993. *Greek Mythology. An Introduction*, trad. Th. Marier, Baltimore: The Johns Hopkins University Press.

Heidmann, U. (éd.) 2003. *Poétiques comparées des mythes — De l'Antiquité à la Modernité, En hommage à Claude Calame*, Lausanne: Payot.

—, 2006. "Epistémologie et pratique de la comparaison différentielle. L'exemple des (ré)écritures du mythe de Médée" in *Comparer les comparatismes. Perspectives sur l'histoire et les sciences des religions*, Maya Burger et Claude

Calame (éds.), Paris-Milan: Edidit et Archè, 2006, pp.141-159.

Kirk, G. S. 1970. *Myth. Its Meaning and Functions in Ancient and Other Cultures*, Cambridge: Cambridge University Press.

Labat, R. (et al.), 1970. *Les Religions du Proche-Orient asiatique. Textes babyloniens, ougaritiques, hittites*, Paris: Fayard Denoël.

Lévi-Strauss, C. 1958. *Anthropologie structurale*, Paris: Plon.

—, 1964. *Mythologiques I. Le cru et le cuit*, Paris: Plon.

—, 1971. *Mythologiques IV. L' homme nu*, Paris: Plon.

—, 1973. *Anthropologie structurale deux*, Paris: Plon.

Malinowski, B.1974. *Les Jardins de corail*. Paris: Gallimard.

Page, D. 1959. *Sappho and Alcaeus. An Introduction to the Study of Ancient Lesbian Poetry*, Oxford: Clarendon Press.

Pellizer, E. 1991. *La peripezia dell' eletto. Racconti eroici della Grecia antica*, Palermo: Sellerio.

Propp, V. 1966. *Morfologia della fiaba. Con un intervento di Claude Lévi-Strauss e una replica dell' autore.* Torino: Einaudi.

Saïd, S. 1993. *Approches de la mythologie grecque*, Paris: Nathan.

Saussure, F. de. 1972. *Cours de linguistique générale*, Paris: Payot.

Searle, J.R. 1979. *Expression and Meaning. Studies in the Theory of Speech Acts*, Cambridge: Cambridge University Press.

Vernant, J-P. 1974. *Mythe et société en Grèce ancienne*, Paris: F. Maspero.

West, M. L.1966. *Hesiod. Theogony*, Oxford: Clarendon Press.

第三章
人类学宗教史里的比较研究
与横贯式目光：试论"比较的三角形"

"为什么要比较？"，特别是在古代宗教史这个领域。简略回顾有关古代文化的各种比较研究的历史，就不难发现，真正重要的不是闪米特模型或者雅利安模型，而是以比较作为基础的人类学相对主义。比较，作为跨文化翻译的人类学操作，具有三重条件：在一种差异视角中做比较；避免移植比较的那些操作性概念，并对它们保持关注；在比较三角的顶点上建立反思性观察：这包括将被比较对象（comparandum）、被比较对象（comparatum）和正在施行比较者（comparans）。本文的论证建立在对如下两者的比较之上：赫西俄德《工作与时日》中的五个时代叙事与《但以理书》中尼布甲尼撒二世之梦的叙事，我们在比较时会采取一种陈述的视角，以避免结构分析的陷阱。

1807年荷马史诗传统口头诗歌理论之父弗里德里希·奥古斯特·沃尔夫（Friedrich August Wolf），在柏林创刊《古代学博物馆》（*Museum der Altertums-Wissenschaft*）。他借此奠定了一种"古代学"的基础,而后这一奠基性工作很快演变成古典语文学(Klassische Philologie)。他也随即说:"人们时而称之为语文学,时而称之为古典的学问,时而称之古文献学,时而称之为人文研究,有时甚至赋予其一个陌生而又完全现代的名称——'美的学科'(schöne Wissenschaft)①。"不过已经被证实的是,在这场德国浪漫主义运动中,希腊人不是唯一被召唤来帮助阐明启蒙遗产的。人们从此意识到,"古代世界"曾经是一个大量迁徙移居的剧场。那些本来是主角的民族,也就成为这一关于古代的新知识的组成部分。然而"各种原因使得这一区分具有必要性,并且不允许我们把埃及人、希伯来人、波斯人以及其他东方民族,与希腊人和罗马人安置在同一条战线上②。"为什么会有这种歧视?这是因为如果刚才提到的东方民族可以被视为"文明"的民族,他们毕竟还是没有达到希腊罗马所贡献给人们的那种文化水准。那个使得希腊人和罗马人具有优先性的决定性标准,也就建立在对作为布尔乔亚礼仪(bürgerliche Policirung)的所谓文明与真正名副其实的精神文化(Geistescultur,也就处于更高的层次)之间的区分上。结论是,这里涉及"将'古代'这个指称的意义严格限定在两个拥有精神文化、科学和艺术的民族③。"

---

① 引文参见 Wolf, 1807, p.11。
② Ibid., p.16.
③ Ibid., p.19.

1. 欧洲中心化的问题域

这样,希腊—罗马古代文化的研究在学科创立之初,便被置于一种比较的视角中,但这是一种有导向性的视角。希腊人和罗马人是文化的代表;而使得文明与文化之间产生差别的,是文学和艺术。在这方面,希腊民族天资更胜,而罗马人也只能是受前者启发,如同德国人自己。沿着这种受到多形态引导的隐含的比较进路,可以建立起一些等级,特别是与实施比较者建立的关系当中:高于罗马人的过去的希腊人直接被置于与当下的德国人的关系中,可是日耳曼人大概处于被排除民族这边,比如亚洲人与非洲人,对我们来说,他们"有文字传统但并无文化,他们只能算是文明人"①。

古代民族的比较研究进路,在沃尔夫所处时代的浪漫现代性上并非毫无影响。《古代学博物馆》的第一分卷将一篇长长的致敬与题献文字赠予了歌德,大概并非出于偶然。这位魏玛诗人在其中被同时呈现为"希腊精神"的专家和最佳代表("der Kenner und Darsteller des griechischen Geistes")。希腊精神文化与德国文学——歌德作为当仁不让的最显著代表——之间的亲缘性是如此直接,以至于得为此在德国语言的本性中或者在先民(Urstämme)与希腊人的亲缘关系中找到理由,"我们德国人,在经历许多次变形之后,作为现代人中的一员,以最充分的意志,与古希腊式的诗歌、措辞协调一

---

① 引文参见 Wolf, 1807, p.III.

第三章　人类学宗教史里的比较研究与横贯式目光：试论"比较的三角形"

致"①。在欧洲人中特立出来的德国人，是对来自古代文化的伟大与美的最为深入的追寻者与诠释者！正是通过吸取古代文化的泉源处之精华，日耳曼人才能够像沃尔夫说的那样"孕育它的民族精神"（"den Geist seiner Nation zu befruchten"）②。

从晚近一些有关我们与希腊文化的关系及其合法性的观点来看，问题更是以直接关系——甚至是直接血统——这样的措辞提出：《古老的希腊人与我们》（Bruno Snell），《希腊的式微》（André Rivier），《希腊人、罗马人与我们》（Roger-Pol Droit, ed.），《我们的希腊人与古希腊的现代人》（Barbara Cassin, ed.），《对希腊之爱》（Jacqueline de Romilly et Jean-Pierre Vernant），《谁还要学希腊语？》（Simon Goldhill），《希腊人与我们》（Marcel Detienne），《希腊人、阿拉伯人与我们》（Philippe Böttgen, et al.）等等③。这个书单只是来自我对书架上藏书的一番随意整理，但它可以作为一种持久操虑的证据。这种操虑大概超出了近来加诸人文或者更一般地加

---

① 引文参见 Wolf, 1807, p.VI.

② Ibid., p.VIII.

③ Bruno Snell, *Die alten Griechen und wir*, Göttingen: Vandenhoeck & Ruprecht, 1962; André Rivier, *Le déclin du grec: cinq ans après la réforme de l'enseignement vaudois*, Lausanne: Imprimerie Centrale, 1961; Roger-Paul Droit (ed.), *Les Grecs, Les Romains et nous. L'Antiquité est-elle moderne?* Paris: Éditions Le Monde, 1991; Barbara Cassin (ed.), *Nos Grecs et leurs Modernes. Les stratégies contemporaines d'appropriation de l'Antiquité*, Paris: Le Seuil, 1992; Jacqueline De Romilly & Jean-Pierre Vernant (edd.), *Pour l'amour du grec*, Paris: Bayard, 2000; Simon Goldhill, *Who Needs Greek? Contests in the Cultural History of Hellenism*, Cambridge: Cambridge University Press, 2002; Marcel Detienne, *Les Grecs et nous. Anthropologie comparée de la Grèce ancienne*, Paris: Perrin, 2005; Philippe Büttgen, Alain De Libera, Marwan Rashed, Irène Rosier-Catach (edd.), *Les Grecs, les Arabes et nous. Enquête sur l'islamophobie savante*, Paris: Fayard, 2009.

诸人文社会科学的那种打击。破坏运动是双重的,既来自生产本位的新自由主义——它对人的理解使人的行动屈从于市场经济的规则,也因而屈从于商业化的个体利益的法则,也同样地来自后现代的解构主义。

但我们将特别注意上述倒数第二本著作的副标题:《古代希腊的比较人类学》! 这本书认为对古代世界的研究进路——不论是在"田野"调查的实践中,还是在认识论的层面上——只能是比较的,实际上这本身是当代历史人类学的一种既成观点。在法国大概只有让·波拉克(Jean Bollack)还会认为,一种"批判语文学"可以使我们直接进入古希腊文本那独一而原初、铭刻在文本本身之中的意义;这些文本失去了它们的话语品质,也因而失去了它们那应由一种历史文化人类学的考察来裁定的陈述情境。不得不说,拜断言式陈述的广义修辞学所赐,"不属于任何人的希腊"只能是作者本人的希腊①。

无论如何,在最终为我们对"希腊人"的话语性的文化显示的当代理解下结论之前,关于我们对古代世界研究的比较进路又该怎样评价呢?特别地,我们一致地置于"宗教的"(religieux)或者"宗教"(religion)的标签之下的那些话语的实践和形式又是怎样呢(这是两个"干瘪"的西方式概念,喜欢把别人的宗教实践与信仰安置在一个基督教一神论的单一

---

① 比如 Bollack 如此声称(1998, p.102),带着他惯常的不容分说的语气:"字面意思是决定性的。当释读以最终确定,这个字面意思就不是诠释者的一种'诠释'。语文学家只给出文本本身所蕴含的诠释。……作品是不可穷尽的,但只追随它自身,依据它的自律性。"

视角中)？我在别处曾经和他人通力合作,揭示了我们的大多数神学同事以博学和熟练的方式所持有的片面观点和误解[1]。

2. 早期人类学比较研究

我们知道,比较研究不仅是文化人类学的基础,而且也是宗教史的基础。我们想起尊敬的耶稣会神父拉菲多(Joseph-François Lafitau)于 1724 年发表的《论美洲蛮族的风俗:与欧洲早期的风俗相比较》(*Mœurs des sauvages amériquains comparées aux mœurs des premiers temps*);就在一年之后,维柯出版了他的《新科学》(*Scienza nuova prima*)的第一版(Napoli: F. Mosca, 1724)。

对这位耶稣会传教士来说,他在加拿大接触到的休伦人、阿尔刚坤人或者易洛魁人这些野蛮部族,是崇拜偶像和异教的希腊人、罗马人的后代,也就是我们祖先的后代。在其宗教信仰和实践中,这些异教徒都是亚当的后裔,但经历了长期的堕落败坏,成为牺牲品;与那些使得他们成为色雷斯人、西徐亚人以及其他佩拉斯基人——这些部族本身又是希腊和罗马居民的祖先——后代的迁移运动相连,美洲人或许可以逐渐忘记那个独一上帝的原初真理和启示。所以正是借由这种以衰败为特征的扩散理论,才能够合法地对 18 世

---

[1] 针对这一点提出的一些看法,参阅拙著 2006a, pp.225-229;另可参考 Bornet, 2008, pp.49-53。

纪美洲印第安部落与希腊罗马人或者他们先人的风俗进行比较。①

那不勒斯那位富有见地的哲人和历史学家也不会对比较的好处无动于衷。对他而言,比较的进路是建基于对希伯来人、迦勒底人、西徐亚人、腓尼基人以及最后对希腊人、罗马人的概观之上:"异邦民族"作为普遍历史的主角,促成了最初的"世俗神学"的定义,这种"世俗神学"在上帝的权威下,将依赖感官印象的寓言引向为智识的操练所激励的现代智慧。变得普遍的神圣力量将会惠顾理性的发展,这种理性可以促成在最早那些"神学诗人"的创造之间的比较②。

因而,处于其他文化领域内的比较研究,带着历史的或者地理的距离,位于极端多样性的文化世界的核心。无论各种倾向的基督教传教士怎样努力,也不管殖民统治的事业多么强大,这个世界显然还没有屈从于鼓吹(资本主义)全球化的西方自由与经济学范式。经验性的比较研究将首先随着19世纪初的比较语言学的创立,在语言的领域内作为方法建立起来。

3. 历史比较研究

我们知道,处于印欧范式源头上的"比较语法"的宏伟事

---

① 有关这位耶稣会神父及其先驱所采取的比较进路,参见 Borgeaud, 1986, pp.59-65 及 2004, pp.188-200;有关"宗教"概念,参见拙著 2006a, pp.212-213。
② 见拙著 2007, pp.254-259 给出的参考文献。

第三章 人类学宗教史里的比较研究与横贯式目光：试论"比较的三角形"

业，应当归功于柏林的历史语言学家伯普（Franz Bopp）。这一事业出于一种科学秩序的意图：从梵语和古波斯语出发，经由古希腊语和拉丁语，对立陶宛语、哥特语和德语中的词汇形式做出研究。这一系列语言将被当作一个服从于"物理和机械"①法则的有机体；这是一个要求"一种严格系统的语言比照和语言—解剖"②（"eine streng systematische Sprachvergleichung und Sprach-Anatomie"）的有机体；这个有机体服从于可以由比较语法来重绘其发展的不同阶段的演化。首先是梵语，而整个演化历程的终点是德语——他们的母语：我们将明白，这一被当作一种物理学或者生理学来理解的广大的词汇与语法形态学，是由一种谱系学进程来导向的；对每一种形式而言，工作都在于找回那最古老也最本真的东西。比起闪族语言系统，印欧语系（"der indisch-europäische Sprachstamm"）并不更少一般性，但后者在其大多数维度上都具有"一种远为精致的本质"③（"von unendlich feinerer Beschaffenheit"）……

在希伯来语——《旧约》的语言——之后，便是梵语——《吠陀经》的语言，它成为一种新的文化范式，继而作为新的宗教范式的原初语言。实际上在18世纪末，语言哲学家们在对原初语言的历史查寻中，已经将所有注意力投诸希伯来语。语言被视为说这种语言的民族精神的保管者；在此意义上，语言也就是文明的载体。在这样一个仍然十分基督教中

---

① Bopp, 1855, VI.
② Ibid., V.
③ Ibid., III-XVIII.

心化的视角下,第一个人的语言只能是希伯来语。亚当只能用《创世纪》的语言来进行表达,这种语言从此也就成了"天国的语言"。但在对印度和中国文明的关注上,人们则特别受到了赫尔德(Johann Gottfried Herder)在其"人类历史"研究中显著的文化相对主义之影响。如果说恒河可以作为天国之河出现,希伯来人则从未具有什么政治组织,来确保一个国可以恒常地维护他们的书写较之所有其他宗教古卷的至上地位①。通过在一个历史视角中进行的内在比较(根据19世纪的科学范式),形态上属于同一集团的那些语言,被组织在一个单独的系统内;被转译成"衍生"和"亲缘性"这些术语,这样的类比赋予这一系统一种具有谱系学秩序的构造,如同缪勒(Friedrich Max Müller)在他最早的《语言科学讲义》结尾所给出的那些前后关系:依循历史和地理的双重标准,首先是雅利安语系,然后是闪米特语系②。

但是,特别是在法语领域,这两个范式都急于服从比较的竞争关系。一旦联系到宗教,印欧语言的精神就会建立它自己较之闪米特语言的优越性。这种比较评估特别地要归之勒南(Ernest Renan),他放弃了神学院的教职去从事希伯来

---

① Herder, 1785/1989, pp.414-417, 485-492. 他在其历史的结尾指出,拜其得天独厚的气候和希腊—罗马文化遗产所赐,欧洲在活动和发明、科学以及在一种意志和共同的好胜心上都做出了自我肯定,他说:"自然的年轮乃是漫长的:它的植物的花朵,如同植物本身和供养它们的自然元素一样繁多。在印度、埃及、中国发生的,也是这个地球上独一无二的:迦南、希腊、罗马、迦太基的情况也一样"(1785/1989, p.510)。虽然在其不同的写作中有所变化,但赫尔德所采用的这一普遍化与欧洲中心化的文化多元主义立场,成为 Olender(1989, pp.13-30, 59-74)进行批判性研究的对象。

② Müller, 1866, pp.437-438.

语研究,后者一直引领他进入法兰西公学院,并使其加入了"闪米特语言的比较系统与一般历史"研究的庞大工程。雅利安人和闪米特人构成了西方的摇篮,被视为文明的民族的起源;不管他们是多么古老,他们都没有一点低等"种族"(由语言、宗教、律法和风俗来界定,胜过由种族血统来决定)的原始野蛮性。但中国、非洲和大洋洲都是被从这两个"高等种族"中排除了的,后者很快就甩开了前者。如果说印欧语言没有停止自我转变,闪米特语言则似乎在一种无疑具有奠基性的,但又毫无灵活性的一神教所维护的不动性中固定下来。而这最终就是印欧语言对希伯来一神教的霸权,这种霸权地位确保了基督教能成功地从犹太教外壳和"闪米特精神"中解脱出来,取得胜利:"圣经因此具有并不属于它的果实;犹太教只是扮演了幼树的角色,是雅利安种族在它上面开出了自己的花朵①。"

于是语言成为向我们呈现的种族之镜,这些种族与我们的文化在某种意义上是等值的;要将宗教引入发端于最早一批比较研究大业的那两种语言学范式,就要回到语言。是勒南的同代人缪勒在事实上颠倒了希伯来圣经学者所提出等式的前后项。上帝一上来就把对神圣的直观吹入了人,根据

---

① Renan, 1882/1984, p.350. Olender(1989, p.101)在引用勒南的时候,并没有提及后者在对基督教进行目的论式辩护的背后,还有着对市民社会的支持:"基督教统治的或者伊斯兰教、佛教统治的中世纪,就是神权政治的时代。文艺复兴的天才一击意味着回到罗马法——后者本质上正是世俗权利,回到哲学、科学、真正的艺术,回到理性,不依赖任何天启。让我们遵循这一点。人文的至高目标便是诸个体的自由"(Renan, 1882/1984, p.324)。

上帝的创世行为,正是宗教的历史变成了语言的历史:神话无非是一种言说以及描画自然现象的方式。由此,在宗教科学(Religionswissenschaft)领域,人们就被邀请进入一种要求比较进路的神话学,而这种比较进路,正是通过语言科学(Sprachwissenschaft)而变得为人熟悉并成为典范的。《语言科学讲义》很快被翻译成法语①,并很快与结集在《神话学研究》②中的论文配合起来。在由勒南本人作序的《比较神话学刍议》(Essai de mythologie comparée)第一版中,对神话传说的发明这一问题的答复要在与"雅利安民族"相关的比较语文学中去寻找。在把作为宙斯女儿们的"利泰"(Litai)③与作为祈祷与恳求者的保护神这一职能关联起来的寓意性解释之外,是那种著名的历史词源学游戏,这种研究方法会把宙斯的名字与梵文中的特尤斯(dyaus)做比照,而后者在词源上正是将闪耀的天空转化为神;在这种由"多名同义"与"同义异形"所支持的神话学中,对神话所体现的语言的疾病,倒是没有半点影射:"神话仅仅是一种方言,一种古代形式的语言。……这一形式,如同诗歌、雕塑和绘画,适用于几乎所有古老世界能够赞赏或喜爱的事物④。"正如弗雷泽(James

---

① *Nouvelles leçons sur la science du langage*, Paris: A. Durand & P. Lauriel, 1867.

② *Contributions to the Science of Mythology*, 2 vol., London: Longmans, Green, and Company, 1897.

③ 译按:古希腊的祈求之神。

④ Müller, 1866, pp.54-56, 100; Detienne, 1981, pp.16-19, 28-31, 在他对"神话学发明"的批判性考察中,深刻分析了作为"自然的科学"的比较语文学所产生的有害后果。按照缪勒的说法,一种"神话学疾病"是指它赋予语词一种形象化与拟人的意义;另参考 Olender, 1989, pp.113-126。

Frazer)不再从谱系学获取灵感,而是受益于现象学的庞大比较研究那样,"宗教"从此也更加诉诸一系列诗性叙事与神圣人物——作为宗教的主角——胜于诉诸一套实践和信仰。

至于希腊人,他们具有这样的优越性,使自己位于两个被置于西方文明根基处的伟大范式的合流地,并成为这一合流的产物:由语言及其所蕴含的文明来标定的印欧人,经历朝着爱琴海湾的迁徙运动;由经过腓尼基人发展的文字记录系统以及与东方的文化联系所标定的闪米特人。此后数不胜数的学者意图对最早的一批希腊诗人的历史与文化关系做出描绘,通过不无倾向性的比较接合,要么是利用《吠陀经》或者《摩诃婆罗多》这样的文本,要么是根据苏美尔人或者亚述人的宇宙起源与神谱的伟大叙事:主要集中在被希罗多德认定为希腊神谱编写者的两位诗人,荷马与赫西俄德。比较研究事业的结果是,在世纪之交,出版了韦斯特(Martin L. West)的两部集大成之作:《赫利孔山的东面》(*The East Face of the Helicon*)与《印欧诗歌与神话》(*Indo-European Poetry and Myth*)。原则上,这两重研究作为纯粹经验性的调研,是建立在"平行"比照的广泛技术上的;因而它导向的是对相似性(以及一些差异性)的定位,在诗的、结构的、修辞的、隐喻的、格律的、词汇的范畴上,但尤其是在神圣人物与英雄主角、宇宙论表象与人类条件构想、政治权力与世俗文化的范畴上[①]。但如果原则上这种外缘式研究实际依仗着一

---

① West, 1997, pp.vii-iz 以及 2007, pp.19-25;参见希罗多德,2, 53, 2-3。

种纯粹实证主义的比较，一组被比较的文本本身的性质却会导向不同的结论：一方面，借由叙利亚、西里西亚、塞浦路斯的闪米特语文本中介，库马尔比的赫梯史诗与巴比伦的吉尔伽美什的史诗分别影响了赫西俄德的《神谱》和荷马史诗；另一方面，一种风格得以横向传递和保持，一条"语言带"借由那贯穿诸印欧文化的"等神话线"的中介，解释了比如在《梨俱吠陀》与荷马史诗之间暗含的平行关系。所有这一切只关乎那些在文学（书写）层面被记录的诗歌；至于它们的陈述条件、它们的语用学，却鲜被提及。

还需要说明有关批判性的比较研究的当下情形：如果最近关于希腊人对他们自己族群认同的研究，使得由希腊内部的多利斯成分所表征的印欧遗产变得成问题，那么对最新挖掘的特洛伊遗址的历史主义解释，则允许我们为赫梯文化在历史上影响了荷马式希腊性的形成这一论题恢复声誉，方式是将 Wilusa 等同为伊利昂（Ilion）[①]。

4. 操作性概念与比较三角形

不过，究竟"为什么要比较呢？"，这是伊斯兰学家瓦兰西（Lucette Valensi）发表在《年鉴》（*Annales*）讨论比较研究那一期首篇位置的文章标题。具体背景是围绕戴地安（Marcel Detienne）在他那本题名——《比较不可比较者》[②]——极富挑

[①] Hall, 1997, pp.4-16, 114-128, 170-177; Latacz, 2004, pp.21-49, 73-100.
[②] Valensi, 2002, pp.27-30; Detienne, 2000, pp.17-59.

衅性的书中所表述的一组命题所开启的争论。这个命令（句）其实已由列维纳斯（Emmanuel Lévinas）表述过，他在思考正义时努力保持对个体的不可通约性的尊重：在我和他人各自的独特性之间，有一个第三者。那么到底为什么，在文化人类学或历史人类学领域，存在一种比较进路呢？伊斯兰历史学家和人类学者如是回答："规格化标定是为了在每个对象的一般特征的基础上建立一些类型划分，并不是为了标签化。……更不是为了并置诸处境，列举不同地区或不同时期的研究专家的分析，来达到一些分类，而这些分类只是来自于等级化"。"比较研究的命令"也源自另一种紧迫性：这种紧迫性既不是现象学的，也不是对比分析的，而恰恰是人类学的。这一命令建立在对如下事实的确认上：一个群体的（文化的）同一性是首先由它的边界来界定的，而这些边界正是它与其他群体所分有的。比较式研究因而建立在划定了"目标群体"身份的那些边界各部分之间的交流与互动之上。比较进路的基础因而是双重的：地理的与历史的，即在地理的毗邻性与历史的谱系学中进行"切近地比较"。

在古代宗教的比较史领域，这些命题或许会促使我们要么按照印欧范式，要么按照闪米特范式，来重访那些之前提到的伟大的历史比较研究。韦斯特最近在牛津出版的这两本比较研究论著，建立在相似性和"平行关系"这样的观念上，它们会导向印欧或闪米特诗歌对于古希腊"文学"横向传递的影响，也就在引导我们加入前述那些历史比较研究。然而，这些借由文化互动的招式来进行新的比较的视角，能够帮助我们避免去描画文化血统关联以及建立那种倾向明确的等级化吗？实际上，这些诉诸空间维度和历史纵深中的文化流通和文化互动来更新比较研究的主张，正因为它们忽略了比较的操作性因素本身，因此不可能是充分的。

1）比较主体：博学的主体，具有文化人类学的深厚学养背景，融入一个具有学术和机构性挑战——但同时也具有情感挑战——的领域，比如马林诺夫斯基（Bronislaw Malinowski）的《人种志学者日志》就为我们提供了有关这一场域的绝佳证据；这样一些研究主体—作者要依靠文化的和认识论的范式，而这些范式如同它们在人类学对象中构建的文化表现一样，是被标记于空间和时间当中的[1]。

2）比较概念：中介层次的范畴，半引申或半形式的范畴（根据考虑这些范畴时的诗性或逻辑视角而定），诸如巫术、偶像、禁忌、同类相食、神话、部落接纳仪式、身份以及必不可少的宗教……这是一些基于一个本地概念的范畴，起初只是从一种特殊的文化那里借来的命名，接着具有了普遍的外延，并且借此而得到物化与自然化；事实上这是一些纯粹的操作性范畴，也因此，它们同样被登记在一个认识论范式中，而这一范式显然亦是处于空间和时间中的（并且，也因之而呈相对次序）。

3）话语策略：字句次序的策略，为人类学对象赋予形式，

---

[1] 尤请参考 Kilani, 1994, pp.40-62; Leservoisier & Vidal, 2007。

这一人类学对象是通过田野调查而开始建构,并在论文或者专著中绘制出来的;图式化和形象化的程序,目的是构建对象(话语层面由此生成);用来说服作为潜在目标的公众的修辞策略;以及与整个论说行为相关的陈述层面的表达方式[①]。从宗教史里的比较研究来看,这些策略和它们的学术传统依然有待探究。

另外,精细的比较研究既不可能忽略作为比较工具的操作性概念,也不可能忽视将建构的对象传达给公众的论说形式,无论公众范围会受到怎样的限制。显然,比较不会只限于围绕一个模糊的主题或者"公分母"——像弗雷泽所珍视的"植物精灵"[②]——对不同文化实践和象征性认识的并置。比较,从定义上大概就建基于表面的相似性和"家族相似性",因而只能是相对的、对照的和有所区分的。相比以亲缘的遗传术语或者共相的物化术语来解释相似性,比较更加是要揭示独特性。我们这里可以援引由罗界(Geoffrey E. R. Lloyd)所陈述的两个经验性原则:一、避免让一种文化成为另一种的模型;二、不只识别一般特征,而尤其要识别专有特征。在司密斯(Jonathan Z. Smith)的提醒下,我们不会忘记:在田野数据和我们自己的理论兴趣之间的恒久博弈中,由对

---

① Kilani, 1994, pp.27-39; James Clifford & George E. Marcus (edd.), *Writing Culture: the Poetics and Politics of Ethnography*, Berkeley: University of California Press, 1986,以及 Clifford Geertz, *Works and Lives. The Anthropologist as Author*, Stanford: Stanford University Press, 1988.

② Bettini, 2009, pp.6-15.

照所识别出的差异,是被建构的差异;特别是考虑到如下事实:以学术的、博学的措辞进行的跨文化翻译是不可避免的[1]。而且,从历史和文化的视点来看,这里涉及的是对被比较项的语境分析,如同我们在随后的简要例示中试图做的那样[2]。按照前述的双重尺度,比较所做的就不仅仅关乎在空间和时间的近邻关系当中的文化显现。

比较的进路特别在古代宗教史这一领域必不可少,不管是对于被假定的信仰集合(伴随着相应的话语表现),还是那些处在一个重要的距离——不仅是地理的,而且更是历史的——上的仪式性实践;实际上,正是通过对照,人类学研究使得我们可以重新构建一个不存在的或者有所空缺的人种志语境,但也同样使得我们可以重建我们在其历史性中辨认出确乎"有关宗教"的那些方面。

但在这三个原则之外,整个比较研究实践都是登记在一个诠释学问题之中的,这个诠释学问题有关文化与象征话语的实践与形式的可译性;而大量的仪式性实践、叙事和信仰都被置于"宗教的"这一隐性标签之下了。在原型与套用之间摇摆的那些半引申的范畴,代表了文化翻译的那些必不可少的智性工具;这些范畴在构建人类学话语的一种相似物方面,属于最重要的操作者,这里说的话语本身对于一个学术共同体中的沟通是必不可少的!

---

[1] Lloyd, 2002, pp.1-4; Smith, 1990, pp.36-53; 及 Bruce Lincoln 的著作。
[2] Grottannelli & Lincoln, 1998, pp.320-322.

第三章　人类学宗教史里的比较研究与横贯式目光：试论"比较的三角形"

因此，有必要对推动横贯式进路的关键概念给出定义。为了不至于太过自负，我们到这里可以提出"人类学诗学"（anthropopoiésis）这一半引申概念了。这一概念处在把神经元科学与遗传基因方面的研究纳入人文学科的语境中；生命科学的进展激起了一种兴趣的复苏，这不仅是针对人——被构建为与其物质和社会环境互动中的文化存在——的可塑性，也同样针对身体的实践及其情绪性组分。这一概念比较上的可操作性不仅仅使得我们可以在象征性构造的意义上重访关于男人女人之成年的所有那些表现（这些表现嵌入了社会和文化的共同体，而我们把它们归类在部落接纳仪式的标签下）；这个概念的运用也使得我们在一种标志着自我实现的范式中，在个人利益的个体主义中，批判性地返回我们自身对个人的构建①。

理想地看，人类学比较只能是多焦点的和复调的；它只能围绕一个共同对象（"宗教的"）和问题来聚集不同文化的专家们。但在冒险通过一种"单数—复数"的两可状态来进行并置之前，比较首先是博学者的事情②。"比较三角"就是这么被描绘出来的；这是一个可以随着进行比较操作者的文化能力来扩展成"比较多边形"的三角形。在构成所有比较操作的最低条件的两个"外在"词项之外，不妨增加一个第三项：也就是说，在将比较对象（comparandum）、被比较对象（comparatum）其复数的形式（comparata）之外还需要考虑正

---

① 拙编，2008。
② Lloyd, 2002, pp.1-20.

在施行比较者(comparans)。由现代性所规定的这第三项对应了比较研究的实行者的身份,以及实行者进行比较所处的语境。对三角形顶点的考虑使得我们可以施以一种偏离中心的目光——这必然是认识论上的目光,在这里是人类学者的目光(与只能从文化内部思考的神学家不同),但倾斜的目光也就意味着批判的目光,一种用来确保整个差异性比较研究工作具有反思性的目光。这种反思性来自整个比较事业——与学术活动所处的特定时空的人类学诠释有关——强烈的诠释特征。

5. 比较的操练:赫西俄德关于五个时代的叙事

比如说,对贴上"种族神话"标签的希腊叙事,我们能够提出的比较分析,便是如此。事实上,这个叙事既非神话,也并不关乎种族;根据赫西俄德使用的术语,这是一种话语(lógos),一种叙述,这种话语和叙述将早期人类世代的序列嵌入赫西俄德《工作与时日》的语用层面中。这一叙事处于三个典范式叙事的中心,共同开启了赫西俄德关于凡人的境遇及其死后余生的说教性考量,它紧随关于狡诈的潘多拉是如何被造的叙述,对凡人世代(génos)的接续进行了描述:起初是黄金时代的人们,尚与创造了他们的不朽者们相近;然后是白银时代的部族,以过度与暴力为标志;接下来是宙斯所造的青铜一代,这一身份使他们注定完全服从战神阿瑞斯的劳役;第四,英雄种族,出于他们对正义和价值观念的巨大尊崇而被视为半神，其中最勇敢的英雄可以体验在幸福岛上的永生；最后是第五个世代，黑铁时代，被判承受疲劳与苦痛：这个对应到诗人"我"所在的部族；他作为先知预见了这一世代和部族要被宙斯毁灭，如同诸神灭绝了之前的那些世代一样①。

韦尔南（Jean-Pierre Vernant）在对我们称为"希腊神话学"的那些英雄和缔造者叙事的研究中，正是选择了这个叙事来建立结构分析的诸原则。他用结构方面的分析，来取代对赫西俄德叙事的历史化阅读。他不以金属的象征意义来对凡人在世代接续过程中人性的道德堕落进行描画，而是通过对一种结构的谱系学叙述来进行展示，在这一结构中体现了三种人性范畴：介于神和人之间的灵物、英雄以及死者，他们处在发生和结构之间的调停和解中。在一种"神话思维"的框架下，谱系学叙事对一种"宇宙的恒久等级秩序"进行考察；根据的是一种对称原则，这种对称原则似乎把凡人的种族两两对立起来：金/银、铜/英雄、铁一/铁二。未定型的结构性逻辑奠基了神话的结构，它一方面使得我们可以把英雄世代引入诸金属的渐次降级的序列中，使它作为赫西俄德对"金属种族神话"的重新诠释；另一方面，这种结构性逻辑也迫使我们区分处于持续衰老时代的黑铁世代与一个"完全已然是衰死的年代"。因此，相比较而言，叙述结构将赫西俄德的时代叙事置入类似于杜梅齐尔（Georges Dumézil）的印欧社会的

---

① 赫西俄德：《工作与时日》，106-201. 关于这一叙事的阐释，请参阅拙著 2006b, pp.85-142；关于赫西俄德的 logos 之为"话语"，参阅 Lincoln, 1999, pp.3-17。

意识形态(这也就是韦尔南所说的"宗教思维")。这是一个三重功能划分的系统,这一系统根据主权、军事功能和繁殖这三个为人熟知的参数来标定印欧民族①。二元对立原则也就迫使对"种族神话"的结构性与比较式分析需要设定第六项。因而正是被视为带动了神话思维的二元逻辑之投射,致使不相容、不一致出现,而结构性重构是用来弥合这些不一致的!

追随韦尔南的研究而来的结构性重组,在尝试上的多样性,除了证明这种进路的不足,也同样显示了其循环特征。举例如下:

1) 金对银(指向"乌托邦"),铜与英雄一对英雄二(指向荷马),铁一对铁二(指向"城邦");

2) 黄金时代、白银时代、青铜时代与英雄时代,接着是英雄时代、铁一时代、铁二时代以及铁X时代,这些都处在衰落与复兴的两个周期性进程的螺旋式接续当中(这种衰落与复兴的周期更迭是属于"赫西俄德思想"的);

3) 两组三元项:黄金种族——白银种族——青铜种族(曾经:古老人性),接着是英雄种族——铁一种族——铁二种族("现在:我们之前"及"现在"与"现在:我们之后");

4) 金——银——铜——英雄(交错配列)+铁(这个时代终止于赫西俄德史诗的陈述时刻,并与之叠合)②。

---

① Vernant, 1960/1966.
② 参考 Jean-Claude Carrière, Lambros Couloubaritsis, Ada Neschke 以及 Michel Crubellier的论文,见 Blaise (et al.), 1996, pp.393-429, 479-518, 465-478, 431-465.

第三章　人类学宗教史里的比较研究与横贯式目光：试论"比较的三角形"

这种诠释可能性的增殖无疑意味着结构性范式的终结；它指出了这种范式的诸种界限和疑难。

不管怎样，这些作者各自以不同的程度强调了，结构性模式是（世代）接续叙事的谱系学之线所携带的，而且归根结底，也是诗歌本身的发展所具有的特质；对这些话语的分析明确地把我们带回五个时代叙事的叙述逻辑以及陈述逻辑上来。从叙述的时间视点来看，诸神创造的叙事与前四个凡人种族的接续消失的叙事，都位于"叙事"（récit）的层面，如果我们重拾本维尼斯特（Émile Benveniste）所提出的这一操作性范畴的话。但是引入叙述的标记，是一个具有表演特征的介入式陈述："如果你确实愿意，我将增添（ekkorupóso，第106行）另一个叙事，既博学又有条理"——诗人"我"如此声称；同样地，由铁质人所组成的第五个群体的引入，也被诗人"我"的有力重现所标记：铁的世代，就是此时此地（nûn gàr dè génos estì sidéreon，第176行）；而这个对"此时此地"的指涉，被配以诗人所许下的一个愿望，诗人以"我"的名义唱道：但愿"我"在之前时代已经死亡，要么在将来的时代诞生。

关于已经过去的四个世代的接续的叙事，被两个介入式的陈述所围绕，而这两个介入本身又属于"话语"（discours）的层面。铁的世代正是处于这样一种陈述层面，而既从时间上又从陈述上推动五个种族的叙事，也支持了该叙事的诗性发展。通过先是针对攻打底比斯的七位英雄，接着是针对出征特洛伊的主人公的双重影射，一种渐进的历史化发生了，叙事由此而导向了当前时代：诗歌被编写和表述的那个当前。而借助于呼唤在宙斯控制下重建诸城邦的正义,诗歌为生计(bíos)和繁荣的恢复做出贡献,正如《工作与时日》这部诗歌的唱诵正是为了复兴黑铁时代。凭着如获神启的诗人的权威,凭着它们务实的力量,这些诗歌的建议可以使人们免于那个与黑铁时代相关联的当前所处年代的苦痛;尤其使得人们可以在一种正义的精神中,以及在宙斯的目光之下,解决叙述者与弟弟珀耳塞斯之间的冲突。诗人的说教式诗句因而获得一种先知的力量,而五大凡人种族的叙事也嵌入了一种诗性辩论的逻辑,这种逻辑并不呼求回到黄金时代(无关乎循环时间的观念),而是回到一种幸福的秩序,就在此时此地,回到这种秩序(尽管凡人之生命充满不确定性)①。

　　这些尝试自然也不会错过与人类文明的其他奠基性叙事进行比较,来解决结构主义诠释的疑难。特别是闪米特语领域似乎提供了一些叙事,它们也呈现了一种时代的接续,并以隐喻的方式关联到一些被以价值的等级秩序组织起来的金属物②。就这种相似性比较来说,一般会援引《但以理书》中所描述的尼布甲尼撒王的梦。如果说被描述的事件接近《工作与时日》的写成时间,既然由旧约叙事所给出的时间线索能对应到公元前604年,那么《但以理书》这一部分的撰写却最多只能追溯到公元前2世纪③。对这一编年学上的注意事项有所了解之后,我们可以使这一叙事服从于神话编纂

---

① 见拙著 2006b, pp.114-131。
② 参考 West, 1978, pp.172-177, 以及 West, 1997, pp.312-319。
③ 参考 West, 1978, p.175, 其中涉及区分性比较研究。拙著 2006b, pp.132-137 提到了这一点。

第三章 人类学宗教史里的比较研究与横贯式目光：试论"比较的三角形"

学惯常的博学操作了：和另外的犹太年轻人一起，但以理被带到尼布甲尼撒的皇宫，解释了困扰巴比伦君主的梦魇。他尤其要面对一个闪光的雕像的显现，这像的头是纯金的，胸膛和膀臂是银的，肚腹和大腿是铜的，小腿是铁的，脚是半铁半泥的。一块石头使得雕像坍塌，它破坏了雕像的双脚，之后雕像的所有部分都在风中消散，只剩下一座大山，那块破坏了雕像的石头正是从这山上落下的。

但以理对梦的解释可以概括为一组等式：金头对应到尼布甲尼撒和他对全人类的荣耀权力；身体的不同部位对应的是后继的王朝，遵循一个递降的次序，这由金属品质的逐渐降低来指明；最后铁与泥的结合标明一个被卷入内战的王朝的登基。根据叙事的情节，上帝的永恒天国将会取代这个四分五裂的王朝统治，而大山就指涉上帝的天国；作为最终王朝的毁灭者，上帝既是犹太人但以理给出的这一解释的先知特征的担保者，也是梦的真实性的保证者。

抛开要求精细的论说式研究与针对陈述层面的复杂述论不谈，甚至都不需借助于一种条分缕析的差异性比较，就可以指明，赫西俄德的"人类世代"叙事与"尼布甲尼撒的梦"的叙事分别依靠了对金属等级制的两种不同的隐喻用法，它们分别属于两个完全不同的文化范式——在我们看来，也是两个完全不同的宗教范式：一方面是多神论，出现在一个政治和法律秩序由宙斯来统治的隶属于比奥提亚地区（Boeotia）的希腊小城邦；另一方面是犹太一神教，遭遇了一位注定迷信马尔杜克（Marduk）并准备征服耶路撒冷的亚述君王的统治。因此，赫西俄德的叙事从人们尚与幸福状态接近的黄金时代,导向正义和昌盛将得到重建的年代,这将会发生在诸神与凡人相分离的城邦之中;这一新状态会在不久的将来突然来临,其实现依靠的是诗歌的权威效应与语用学,即赫西俄德诗中所说的"此时此地"。相反的是,《但以理书》的叙事关涉一种过去的情况,日期确切,并预示了基督降生之前的597年,尼布甲尼撒对耶路撒冷的占领;旧约叙事从一个短命的统治王朝先知式地导向了那个超越政治降级系列的抱负,而通向普世上帝的永恒统治。于是在文化与宗教指涉的差异性、历史与意识形态的语境差异之上,增加了一个十分重要的陈述距离:如果说赫西俄德式叙事明显地导向当下处境,那么圣经叙事在这方面只能说是间接的。实际上赫西俄德的《工作与时日》揭露的城邦公民不正义状态,是从诗歌的一开始一直到赫西俄德与其弟珀尔塞斯的争端时——在公元前7世纪的小村庄阿斯科拉(Ascra)——都一直被指涉的;但我们只能根据《但以理书》的真实日期来理解,叙事中搬上舞台的亚述情境,以某种比较的方式,指涉了公元前2世纪巴比伦神显者安条克四世(Antiochus Epiphanès)统治下耶路撒冷所遭受的劫掠与犹太人所承受的欺凌,随后指涉马加比(Maccabées)起义;自比为宙斯的塞琉古王意图自己能像显灵的神(theòs epiphanés)一般得到崇拜[①]。赫西俄德那边的目的论,是在与诗歌陈述活动的当下切近的将来,建立凡人不稳固的生存处境和公民正义;而通过叙述的距离与之相对的是《但以理书》的目的

---

① 关于《但以理书》编撰的历史情境,参阅 Lacocque, 1983, pp.66-79。

论，旨在于先知式的遥远末世的未来建立上帝之国。

如果禁止所有文化毗邻性或亲缘性的观念，这种宗教语义上的差异就要依靠一种陈述层面的巨大分歧。当诗人"我"（在《神谱》中这个"我"被赋予赫西俄德的名字）来到了《工作与时日》中黑铁时代时，他也做了一回先知，这肯定会让人想起在《旧约》中但以理的释梦一开始就担起的先知式意图：一个是受缪斯女神和宙斯启发（如果我们相信这部希腊诗歌的序诗的话），另一个则得到了希伯来人的天国上帝的启示。无论如何，如果说希腊人赫西俄德的诗性声音意在于对他自己的城邦命运有所作为，犹太人但以理的先知式见解则是回应亚述的统治，后者正准备统治以色列王国的遗民。而且，如果说赫西俄德诗歌的陈述定位——特别在对表述行为的口头形式的使用上——隶属于"话语"（discours）层面的原因，是为了指涉"此时此地"的诗歌叙事及其政治形势和文化陈述，那么但以理的叙述的陈述装置则属于"叙事"（récit）的层面；圣经叙述的安排是被一个依靠历史形势的说话者所承担的，这一历史形势追随但以理与尼布甲尼撒的虚构会面的时间超过四个世纪：对赫西俄德的诗歌来说，它在"表演与歌唱文化"这一希腊传统当中，其效应是直接的语用学；而《但以理书》处在一个具有书写与阅读传统的犹太文化中，其效果是通过插入中间的陈述的虚构化而延迟了的语用学。

表面的相似性之外是各不相同的"宗教的"、文化的逻辑，特别是话语的逻辑。因此，比较进路并非通过对不可比较者的抓取，而是透过投向文化特殊性的对照之光，尤其是在话语形式的方面，而被证明是卓有成效的。从这一点看，辨识不同的陈述程序，各种不同的叙事形式，并定位其语用层面，在比较研究当中显得必不可少。

由对比较三角形的描画所得出的批判性结论，也就非常简单明了了。如果说，特别参照了源自音位学的对照性特征的结构分析，已经充分经历了"语言转向"，那么它还缺少一个"语用转向"；无疑，这种语用转向对于"法国理论"的合理性与修辞学而言还是完全陌生的。但不言自明的是，从今往后，由话语分析或者批判人类学所提供的操作性概念（例如"人类学诗学"）本身也要求一种批判性的检验。因此，要为一种既是语义的又是话语的差异性比较辩护——这是同时在历时性与共时性中运作的人类学比较——也就变得名正言顺了；这是批判性的比较，通过跨文化翻译的操练，邀请我们投出横贯式的目光；它建基于我们自己的操作性概念，受限于我们所处的空间和时间。

（曹伟嘉译）

参考书目

Affergan, Francis (et al.), 2003. *Figures de l'humain. Les représentations de l'anthropologie*, Paris: Éditions de l'EHESS.

Bettini, Maurizio, 2009. "Comparare i Romani. Per una antropologia del mondo antico", in Alessandro Barchiesi & Giulio Guidorizzi (edd.), *La stella sta compiendo il suo giro*

(Suppl. Studi Italiani di Filologia Classica 7), Firenze: Le Monnier, 2009, pp. 1-47.

Blaise, Fabienne, Pierre JUDET DE LA COMBE, Philippe ROUSSEAU (edd.), 1996. *Le métier du Mythe. Lecture d'Hésiode*, Lille: Presses universitaires du Septentrion.

Bollack, Jean, 1998. *La Grèce de personne. Les mots sous le mythe*, Paris: Seuil.

Bopp, Franz, 1833. *Vergleichende Grammatik des Sanskrit, Zend, Griechischen, Lateinischen, Litthauischen, Gothischen und Deutschen* I, Berlin: Dümmler.

Borgeaud, Philippe, 1986. "Le problème du comparatisme en histoire des religions", *Revue Européenne des Sciences Sociales* 24, pp. 59-76.

——, 2004. *Aux origines de l'histoire des religions*, Paris: Seuil.

Bornet, Philippe, 2008. "L'histoire des religions est-elle 'le destin de la théologie'? Réflexions sur les taxinomies des religions de Tiele (1830-1902) et Troeltsch (1865-1923)", *Asdiwal* 3, pp. 41-53.

Borutti, Silvana, 2003. "Fiction et construction de l'objet en anthropologie", in: Affergan (et al.), 2003, pp. 75-99.

Calame, Claude, 2002. "Interprétation et traduction des cultures. Les catégories de la pensée et du discours anthropologique", *L'Homme* 163, pp. 51-78.

——, 2006a. "L'histoire comparée des religions et la construction d'objets différenciés: entre polythéisme gréco-romain et protestantisme allemand", in Maya Burger & Claude Calame (edd.), *Comparer les comparatismes. Perspectives sur l'histoire et les sciences des religions*, Paris-Milan: Edidit-Arché, pp. 209-235.

—, 2006b. *Pratiques poétiques de la mémoire. Représentations de l'espace-temps en Grèce ancienne*, Paris: La Découverte.

—, 2007. "Héros grecs et romains pour recomposer une identité de soi. Les approches comparatives de Lafitau et Vico", in Didier Foucault & Pascal Payen (edd.), *Les Autorités. Dynamiques et mutations d'une figure de référence à l'Antiquité*, Grenoble: Jérôme Millon, 2007, pp. 251-267.

—, (ed.) 2008, *Identités de l'individu contemporain*, Paris: Textuel.

—, 2009. *Prométhée généticien. Profits techniques et usages de métaphores*, Paris: Encre Marine-Les Belles Lettres.

Detienne, Marcel, 1981. *L'invention de la mythologie*, Paris: Gallimard.

—, 2009. *Comparer l'incomparable, 2e éd. augmentée*, Pairs: Seuil.

—, 2005. *Les Grecs et nous. Anthropologie comparée de la Grèce ancienne*, Paris: Perrin.

Grottanelli, Cristiano & Bruce Lincoln, 1998. "A Brief Note on (Future) Research in the History of Religions", *Method & Theory in the Study of Religion* 10, pp. 311-325.

Hall, Jonathan M., 1997. *Ethnic identity in Greek antiquity*, Cambridge: Cambridge University Press.

Heidmann, Ute, 2003. "(Ré)écritures anciennes et modernes des mythes: la comparaison pour méthode. L'exemple d'Orphée", in Ute Heidmann (ed.), *Poétiques comparée des mythes*, Lausanne: Payot, 2003, pp. 47-64.

Herder, Johann Gottfried, 1989. *Ideen zur Philosophie der Geschichte der Menschheit*, Frankfurt a/M.: Deutscher Klassiker Verlag.

Kilani, Mondher, 1994. *L'invention de l'autre. Essais sur le discours anthropologique*, Lausanne: Payot.

—, 2011. "La religion dans la sphère civile. Une critique du 'désenchantement'", *Esprit* 2, pp. 91-111.

Lacocque, André, 1983. *Daniel et son temps. Recherches sur le mouvement apocalyptique juif au IIe s. av. Jésus-Christ*, Genève: Labor & Fides.

Lafitau, Joseph-François, 1724. *Mœurs des sauvages amériquains comparées aux mœurs des premiers temps*, Paris: Saugrain et Hochereau.

Latacz, Joachim, 2004. *Troy and Homer. Towards a Solution of an Old Mystery*, Oxford: Oxford University Press.

Leservoisier, Olivier & Laurent Vidal, 2007. "L'exercice réflexif face aux conditions actuelles de la pratique ethnologique", in Olivier Leservoisier & Laurent Vidal (edd.), *L'anthropologie face à ses objets. Nouveaux contextes ethnographiques*, Paris:

Éditions des archives contemporaines, 2007, pp. 1-15.

Levinas, Emmanuel, 1982. *Éthique et infini: dialogues avec Philippe Nemo*, Paris: Fayard.

Lincoln, Bruce, 1999. *Theorizing Myth. Narration, Ideology, and Scholarship*, Chicago: The University of Chicago Press.

Lloyd, Geoffrey E. R., 2002. *The Ambitions of Curiosity. Understanding the World in Ancient Greece and China*, Cambridge: Cambridge University Press.

Malinowski, Bronislaw, 1967. *A Diary in the Strict Sense of the Term*, London: Routledge & Kegan Paul.

Müller, Friedrich Max, 1866. *Lectures on the Science of Language, London: Longmans*, Green, and Co, 5e éd.

—, 1909. *Comparative Mythology. An Essay*, London: Routledge.

Olender, Maurice, 1989. *Les Langues du Paradis. Aryens et Sémites: un couple providentiel*, Paris: Gallimard–Le Seuil.

Romotti, Francesco, 2003. "De l'incomplétude", in: Affergan (et al.), 2003, pp. 19-74.

Renan, Ernest, 1984. *Histoire des origines du Christianisme VIII. Marc-Aurèle et la fin du Monde antique*, Paris: Livre de Poche.

Smith, Jonathan Z., 1990. *Drudgery Divine. On the Comparison of Early Christianities and the Religions of Late Antiquity*, London–Chicago: School of Oriental and African Studies–The University of Chicago Press.

Valensi, Lucette, 2002. "L'exercice de la comparaison au plus proche, à distance: le cas des sociétés plurieulles", *Annales HSS* 57.1, pp. 27-30.

Vernant, Jean-Pierre, 1960. "Le mythe hésiodique des races. Essai d'analyse structurale", *Revue de l'Histoire des Religions* 157, pp. 21-54.

Vico, Giambattista, 1725. *La scienza nuova prima*, Napoli: F. Mosca.

West, Martin, 1978. *Hesiod. Works & Days*, Oxford: Clarendon Press.

—, 1997. *The East Face of the Helicon. West Asiatic Elements in Greek Poetry and Myth*, Oxford: Clarendon Press.

—, *Indo-European Poetry and Myth*, Oxford: University Press, 2007.

Wolf, Friedrich August, 1807. "Darselllung der Altetthums-mWissenschaft nach Begriff, Umfang, Zweck und Werth", *Museum der Altertums-Wissenschaft* 1, pp. 10-142.

第四章
在语文学与人类学之间
——克劳德·伽拉姆访谈录①

2013年11月12日,星期二,图卢兹二大的"遗产·文学·历史—伊拉斯莫研究中心"(PLH-ERASME)迎来了克劳德·伽拉姆教授,并对他进行了一次专访。这篇专访主要讨论了伽拉姆教授在古希腊语文学、古代历史以及比较人类学领域的漫长职业生涯。伽拉姆教授的所有研究都突出体现了他本人对一切与古代文化传承相关的论题的浓厚兴趣。作为一名学者,他致力于重构"古人与今人"、古代历史与现代对古代文化利用的关系。

帕斯卡尔·培杨(Pascal Payen):为了对您的学术研究和活动作一番整体的概览,首先,我必须强调从1970年代以来,您的研究中最引人注目的常量就是"科学"和"社会介入"的交织。然而,正是由于您从事这样一个看起来与我们的日常

---

① 本文已发表于 Anabases,2014年,第20期,第345—375页。[译按:"访谈录"收入本书时,克劳德·伽拉姆进行了删节。]

现实十分不相关的古希腊研究领域,这一交织就显得十分另类。您所擅长的领域首先是古典文献学,这一领域如此严谨、如此严肃,以至于您也毫不避讳地宣称,有时候这一领域会让人觉得枯燥,有时甚至会缺乏创造性。"介入社会"这个概念,从古希腊的意义来说,本身就具有政治特性。它关涉学者在城邦中的位置,并且值得注意的是,它也对文化的教化职能——这具有保证并强化社会凝聚力并且引导价值取向的作用——持有一些鲜明的观点,无论对古希腊还是对现代社会来说都是如此。这些信念与对现代社会最新发展的关注,特别是对您所提到的具有侵略性的"超级市场文化"①的关注,在您的研究中得到了延伸与发展。您早期的那些具有广泛影响力的工作,如对少女歌队的研究,还有对阿尔克曼(Alcman)诗集的编订,就连在方法论上,都与这些信念遥相呼应。比如,我们可以从阿尔克曼诗集的前言中窥见这一点。我引用一段文字:

> 各种反映理论仍有不足,如果不考虑作为作品的陈述语境和传播语境的社会语境以及文化语境,就无法理解某位作者的作品是如何产生的②。

这里的语境指的是公元前 7 世纪末的斯巴达,而阿尔克

---

① C. Calame, "Les sciences de l'Antiquité entre néolibéralisme et culture de supermarché: inflation bibliographique et égarement méthodologique", in *Sentiers transversaux. Entre poétiques grecques et politiques contemporaines*, Grenoble: Jérôme Millon, 2008, pp.219-236.

② C. Calame, *Alcman. Texte critique, témoignages, traduction et commentaire*, Rome: Ateneo, 1984, p.XI.

曼就活跃于该地区。据此,文化不是一个自足的实体,也不具有优先地位。又譬如,您写道,在古希腊,音乐和诗歌并不曾发展成为一种纯粹的娱乐活动,而音乐的演奏总会与某种公众场合相关。接下来的段落就清楚地表明,文化活动与其社会定位密不可分。它同时指出,古希腊诗人(这里涉及的是阿克尔曼)的社会位置,从哪些地方预示了现代学者在科学研究和介入社会之间所保持的联系。我在这里再次引用您的文章,这一段落虽然有些长,但我们很有必要了解整个段落:

> 因此,两种"制度"之间不仅存在极有可能的对应关系,也就是公元前7世纪斯巴达的音乐以及同一时期城邦节日的重构(例如男童体操节[Gymnopédies]和卡内亚节[Carnéia]这两个节日),而且在那个时期斯巴达诗歌作品的政治与宗教特性以及吟唱这些诗作的节日的政治意义之间,还存在一种紧密的联系。斯巴达诗人在社会中有明确的角色,而这一社会也常常从外邦引进诗人;在一个主要依靠口述传统的社会里,诗人担负起传递意识形态、维持共同体的道德结构并使其永久化的责任①。

那么,你的研究工作的第二个主要特点就是,动用人文科学和社会科学中的大量学科资源。而与您一样,我们感到遗憾的是,一些学者和古希腊研究者仍然对此感到诧异。通

---

① C. Calame, *Alcman. Texte critique, témoignages, traduction et commentaire*, Rome: Ateneo, 1984, pp.XIII-XIV.

过这一种研究方式,您并不是要使研究"显得现代化"(在这方面互联网已足够),而是要重新赋予历史语境和陈述语境以多样性和复杂性,特别是那些在古希腊文本中就已经留下了痕迹的话语方式。正是在这一语境下,它赋予艺术创作过程、文化实践和社会行为及政治机构的运行一种整体性的功能。这一方法最具有说服力的一个例子就是您对雅典英雄忒修斯的全方位分析,而这些研究成果汇集成一本专著,亦即1990年出版的《忒修斯和雅典的想象——古希腊的传说和崇拜》一书①。

从公元前6世纪末到公元前5世纪,围绕忒修斯这个人物的神话和仪式就不断地被重写和重构;它们已经嵌入雅典民主政治发展的语境之中,也与雅典在爱琴海的领土划分和扩张密不可分,更与供奉波塞冬、雅典娜和阿波罗等神明的万神系统的建立密切相关。这些神话和仪式也就成了激活两者之间各种关系的对象,这些关系正是您的研究的核心。这本书指出所有的社会表征、所有的文化实践、所有的历史进程都只有通过了解它们的发生语境才能被理解。因此,在该书的第一章中,"环境(circonstant)"这一概念就成了推动所有象征化过程的驱动器。我们应该从以下三个层面阐释历史进程的发生:首先,文化形式扎根于制度框架中并从更广泛的意义上来说扎根于一个特定的情境中,历史研究应该

---

① C. Calame, *Thésée et l'imaginaire athénien. Légende et culte en Grèce classique*, Lausanne, Payot, 1990 (2ᵉ éd., 1996); cf. P. Payen, "C. Calame, *Thésée et l'imaginaire athénien. Légende et culte en Grèce antique (compte rendu)*", Revue de l'Histoire des Religions 210, 1 (1993), pp. 93-99.

对这一特定情境予以关注,并分析每一情境的特殊性。我们可以称之为一种对比性历史。在第二个层面,这些经验通过语言以其特有的文化符码传递出来,也就是所谓的合唱抒情诗、悲剧、纪事散文、图像、公民大会的法令,它们全都属于由古典语文学和针对体裁的诗学研究进行分类的各种话语形式。最后,第三个层面:这些历史、社会以及话语表征都是传播过程的对象。通过这一过程,它们被社会认可,并在传统的不同阶段慢慢地被接受。这一过程的显著特点就是在有效实践的指导下不断地重复再利用。这里,我愿意将这些不同组成部分分别定义为历史人类学、诗学人类学和语用人类学。

在您的研究生涯里哪些主要阶段可以用书本的形式来勾勒?我想提及其中的几个阶段以便大家了解,特别是让学生们能够知晓。我们不一定按照年代顺序来谈论这个问题,而是按照主题的方式(当然还有其他方式)来进行探讨。首先,围绕所有作品都会涉及的历史语境和社会语境,我提到了您对方法论的特殊选择。这种选择,在您博士期间的研究成果,后来被编纂出版的《希腊古风时期的少女歌队——卷一:形态学、宗教功能和社会功能》和《卷二:阿尔克曼》中就已经表现出来。这些研究在您1984年编撰出版的阿克尔曼诗集中得到进一步深化[1]。关于虚构的语用学效果以及不同

---

[1] C. Calame, *Les Chœurs de jeunes filles en Grèce archaïque. I : Morphologie, fonction religieuse et sociale* 及 *II : Alcman*, Roma, Ateneo & Bizzarri, 1977,经过修订的英译本参见: *Choruses of Young Women in Ancient Greece. Their Morphology, Religious Role, and Social Functions*, Lanham—Boulder—New York—Oxford, Roman & Littlefield, 2001 (2ᵉ éd.).阿尔克曼诗集参见前文第89页注②。

第四章　在语文学与人类学之间——克劳德·伽拉姆访谈录　93

的"权威面具"问题在您接下来的研究中以更加广泛、更具有多样性的方式不断出现：从歌唱诗到悲剧，从赫西俄德诗歌到希罗多德纪事散文等各种文体。即使只考虑您的个人专著，至少有三本著作与这些问题密切相关。首先是《古希腊的叙事》①，接着是2005年出版的《权威的面具：古希腊诗歌中的虚构和语用学》②；最后要提到的是2000年出版的《古希腊神话的诗学》，这本书在2015年进行了重新修订并以《什么是古希腊神话学？》的书名出版；您使用现代理论工具分析了古希腊神话，并重新探讨了神话叙事的功能以及它们在特定场合和特定环境下的社会功用③。特别值得一提的是，刚才最后提到的那本书的主要受众定位是学生。

　　第三组书主要研究的是影响古希腊生活方式和古希腊思想形成的几个重大范畴。这些概念涉及时间和空间的再现。您在2006年出版的名为《记忆的诗歌实践——古希腊的时—空再现》的著作中对其进行了深入探讨④。接着您又研

---

① C. Calame, *Le Récit en Grèce ancienne. Énonciations et représentations de poètes*, Paris: Klincksieck, 1986 (2ᵉ éd. revue et augmentée, Paris: Belin, 2000); 经过修订的英译本参见：*The Craft of poetic Speech in Ancient Greece*, Ithaca NY - London: Cornell University Press, 1995.

② C. Calame, *Masques d'Autorité. Fiction et pragmatique dans la poétique grecque*, Paris: Les Belles Lettres, 2005; 英译本参见：*Masks of Authority. Fiction and Pragmatics in Ancient Greek Poetics*, Ithaca NY - London: Cornell University Press, 2005.

③ C. Calame, *Poétique des mythes en Grèce antique*, Paris: Hachette, 2000; 英译本参见：*Greek Mythology: Poetics, Pragmatics and Fiction*, Cambridge: Cambridge University Press, 2009; 扩充本参见：*Qu'est-ce que la mythologie grecque?* Paris: Gallimard, 2015.

④ C. Calame, *Pratiques poétiques de la mémoire. Représentations de l'espace- temps en Grèce ancienne*, Paris: La Découverte, 2006; 英译本参见：*Poetic and Performative Memory in Ancient Greece: Heroic Reference and Ritual Gestures in Time and Space*, Cambridge Mass. —London: Harvard University Press, 2009.

究了神话与历史的关系,其中还涉及昔兰尼的奠基叙事。部分相关成果汇集到您的著作——《古希腊的神话与历史》中。这本书出版于1996年,接着又重版①。那些希望对您的研究有宏观把握的人可以阅读您在2008年出版的由15篇论文组成的论文集——《交错的小径:古希腊诗学和当代政治》②。

从这些评论出发,我用两个问题来引导今天下午的访谈:首先,我们看到,在您几十年的研究生涯里,常常伴随着对您所涉及的范畴以及语境的批评和反思,从我称为"介入的疏离"这一特殊的位置出发,您认为您在长期的研究中,塑造了一个怎样的希腊?这显然不是勒南笔下的"希腊奇迹",也不是古典语文学的希腊,更不是结构人类学的希腊,像后者那样雄心勃勃地提供了政治和宗教层面无所不包的范畴。那么,是怎样的一个希腊呢?

第二个问题:您认为您在古希腊研究的传统中处于怎样的地位?您认为您的研究方式更接近历史人类学吗?在您的研究中,您是如何协调人类学研究方法、语文学研究方法和历史学研究方法的呢?

克劳德·伽拉姆:首先,我想感谢帕斯卡尔·培杨对我所

---

① C. Calame, *Mythe et histoire dans l' Antiquité grecque. La création symbolique d' une colonie*, Paris: Les Belles Lettres, 2011 (1ere éd., Lausanne: Payot, 1996); 英译本参见:*Myth and History in Ancient Greece*, Princeton: Princeton University Press, 2003.

② C. Calame, *Sentiers transversaux. Entre poétiques grecques et politiques contemporaines*, textes réunis par D. Bouvier, M. Steinrück, Pierre Voelke, Grenoble: Jérôme Millon, 2008.

第四章 在语文学与人类学之间——克劳德·伽拉姆访谈录

作的介绍。这一介绍使我非常感动,涉及关于我的研究工作的关键信息。我认为这段介绍十分全面并且十分透彻,即便是我自己也不能比您做出更好的介绍了。为此我感谢您。我会将它当作一面镜子,反观自身。

现在,我应该开始回答这些大问题。先说说这个似乎是被重构的古希腊,这里的重构总是对我们自身话语建构的 poieîn① 面相十分敏感。之前,我在洛桑大学就已经进行跨学科合作,研究了人文学科的话语修辞学,特别是人类学话语的问题②。这一古希腊文化的研究方法以及我们试图重新对之构建的种种尝试,让我想到了我所受教育训练中的几个关键阶段。在我看来,您刚才提及的所有拙著和研究中,我从各个不同方面所展示的古希腊的再现和形象,都已经深深刻上了这几个阶段的烙印。首先,由于我的学术训练,特别是在大学的训练,我是通过语言来感知希腊,也就是通过文本而在文本中感知它的。在文科高中接受了基本的古典训练后,我在洛桑大学研修了由安德烈·里维尔(André Rivier)教授的一些课程。在这些课程中,里维尔教授引领我们学习了剑桥人类学学派主要代表人物的研究成果(吉尔伯特·默雷[Gilbert Murray]、简·哈里森[Jane Harrison]);后来,艾里克·多兹(Eric Dodds)的书尤其让我大开眼界:人类学向我们展示了非理性的古希腊人,将他们与我们拉开距离。

---

① 译按:制作、创制。
② 尤请参见 J.-M. Adam, M.-J. Borel, C. calame, M. Kilani, *Le discours anthropologique. Description, narration, savoir*, Lausanne: Payot, 1995, 2ᵉ éd。

后来,弗朗索瓦·拉塞尔(François Lasserre)接任了安德烈·里维尔在洛桑大学的教席。拉塞尔曾经在高中时教我书写和阅读古希腊语——在那时,这是一个传统,也就是在进入大学或者在大学获得教职前先在高中教书。而我在1984年也接替弗朗索瓦·拉塞尔,接任了这个叫作"古希腊语言和文学"的教席。在这里应该进一步说明的是——我认为这并非毫无意义——归根结底,我们(我可以说"我们")是特罗多德·贝兹(Théodore de Bèze)遥相呼应的继承者。这位著名的新教神学家、《圣经》的翻译者,在16世纪中叶曾于洛桑公学院(l'Académie de Lausanne)教授希腊文。后来,他在日内瓦公学院(l'Académie de Genève)接任了约翰·加尔文(Jean Calvin)的教席。作为洛桑大学的前身,洛桑公学院建立于1537年,而伯尔尼人在该地区传播宗教改革思想是在1536年。为什么公学院会在引入宗教改革的时候建立呢?简单地说,因为那时必须培养一批牧师来说服基督徒,让他们从天主教改宗为新教。为此而创立的两个教席之一就是古希腊语教席。人们在此又回归到了文本。很自然的,当时的人们需要以新教的视角阅读古希腊语版本的《新约》,而这一视角引领我们回到文本解释的问题,即既要阅读文本又要注释文本。也就是说,对原文的阅读暗示了对文本的解释,因此,需要以阐释学的方式进行解读。

让我来追溯我本人在大学学习的历程,我认为其中另一个重要的阶段就是我开始领会古希腊文化表征的重要性,而从意识形态的关注点,也是学术(归根结底,学术暗含体制)

以及文化的关注点出发，我认为这一关注点主要存在于文本层面：这里涉及1968年五月运动带来的政治问题和文化问题的辩论，而我在别处，即在汉堡也经历了这一切（在安德烈·里维尔的推荐下，我参与了《早期古希腊史诗辞典》研究合作项目）。对，不是在巴黎，也不是在洛桑。我之所以提到1968年五月运动及其强烈的政治介入色彩，是因为正是这些学生运动从总体上给人文学科注入了具有决定性作用的强心剂，这个背景也进一步提出了学科交叉的问题。

让我们回到1968年五月运动，这一运动促进了人文学科的发展以及语言科学的发展。首先是普通语言学的发展，其中涉及阅读安德烈·马蒂奈（André Martinet）的书《普通语言学纲要》（1960年首次在巴黎的阿尔班·科林出版社出版）所引发的最初反思；接着涉及语义学的问题以及特定语境中词语的意义问题：词典学（阿兰·雷[Alain Rey]与其他研究者）以及语义学（结构语义学、成分分析等等，特别是格雷马斯[Algirdas J. Greimas]1966年在巴黎拉鲁斯出版社出版的《结构语义学》一书），还有已经提到的我在汉堡大学参与编撰的《早期古希腊史诗辞典》，准确地说也发生在1968年。上面是普通语言学领域，接下来我马上就要谈论人类学领域。毋庸置疑，我要讲的就是文化人类学和社会人类学：特别是马林诺夫斯基的《一种文化的科学理论及其他论文》（巴黎：马斯佩罗出版社，1970年），当然还有列维-斯特劳斯的《结构人类学》（巴黎：普朗出版社，1958年）。我自己完全自学了这两个领域，因为那时的洛桑大学既没有普通语言学课程，也没有历史语言学课程,而汉堡大学也不开设这些课程;更不要说开设文化人类学和社会人类学的课程了——无论如何,即使有,也没有以这些名称开设的课程。

至于人类学的研究方法,我在乌尔比诺大学的两次访学起到了决定性的作用:第一次是因为我获得了为期一年的研究奖学金(这相当于现在的硕士学位,而在当时只是学士学位)。当时,我的论文写的是真理的问题,也就是品达《竞技颂歌》里的真理观(alethéia);后来的三年,也就是从1971年到1974年,我在那里担任兼课教师。那么,为什么说在乌尔比诺大学的访学具有决定性的作用呢?因为正如您刚才对我所做的介绍,这次访学对我写作《忒修斯和雅典的想象》有原初性的启发作用。我还会提到我与布鲁诺·坚地利(Bruno Gentili)的合作,那时他刚写完一本专著,内容是诗人、受众和赞助者的三角关系。这位前不久刚刚去世的古希腊研究专家,在1960年代强调了诗歌表达方式的重要性,这些表达方式不能仅仅被解读为文本,而应该被放置在它们的陈述语境与交流环境中来理解[①]。

不过,为什么文化人类学和社会人类学对我来说一直都很具有说服力呢?因为,这里特别涉及不同的诗歌形式,也就是我们所谓的歌唱诗(mélique)——你知道,我总是倾向于使用本土的术语,以避免在这种情况下使用属于年代误置的术语"抒情诗"(lyrique)——这些具有仪式意义诗歌的人种志

---

① B. Gentili, *Poesia e pubblico nella Grecia antico. Da Omero al V secolo*, Roma-Bari: Laterza, 1983.

语境通常是碎片化的，或者说是残缺不全的。在此，人类学即文化人类学介入其中，在对歌唱诗的研究上与宗教史互相联合。这两个学科都建立在比较研究的基础上。比较方法表面上从类比出发，其实是一种区分性的研究。正是比较研究让我们懂得文化和象征表达秩序中的实践和话语的重要性。至于在古代文化层面上，我们只有通过文本以非常片段化的方式去理解这些文化表达。

我在乌尔比诺大学的访学经历至关重要的另一个原因，是接触到了与我所在的洛桑大学截然不同的学术氛围，而后者在一定程度上具有加尔文主义的印记。此外有重要意义的还有截然不同的政治文化和象征文化环境：在1960年代末的意大利，人们参与了政治骚动，这些你们都可以想象，但其中还包括非常丰富的文化实验——我在这里主要指的是电影领域（安东尼奥尼、罗西，我特别关注的是费里尼）；当然还有音乐实验（路易吉·诺诺）和文学实验（切萨雷·帕韦泽、爱德华多·圣圭内蒂、六三学社以及伊塔洛·卡尔维诺）。因此，这里涉及古希腊人类学研究方法与我在人类学、文化层面上的处境以及与我的研究环境和政治介入之间的融合，这便是人文学科面临的学术环境，以及从更广泛的意义上说，以马克思主义以及不绝于耳的社会斗争为特点的当时的政治和文化环境。

正是在这样的社会环境中——事实上，其中涉及陈述语境——我开始研究斯巴达诗人阿尔克曼的两首《少女歌》（Parthénées）。在坚地利（Gentili）的建议下，这篇博士论文囊括了对斯巴达诗人阿克尔曼残篇的编辑、翻译以及评注。为了符合当时洛桑大学对博士论文的要求（在当时几乎相当于对国家博士论文的要求），里维尔将我的论文方向引导至研究阿尔克曼《少女歌》的主题上来。由于我一开始就采取了人类学的视角，将这篇博士论文扩展到了所有的文化表达层面，重点关注那些少女合唱队参与其中的仪式层面。在这里我们以比较研究的名义，引入了"过渡仪式"（rite de passage）的概念，接着，因为其中涉及青少年群体，所以又引入了一个操作性概念，即"部落成人仪式"（rite d'initiation tribale）。

然而——毋庸置疑，1968年五月运动对此具有重要的影响——我们不得不面对不同的性概念的表达以及不同性欲形式的交锋；这些表征不仅建立在概念之上，而且也再现了截然不同的文化实践。我所指的是同性恋关系，这一同性爱欲不仅仅表现在萨福的一些诗歌中，而且也表现在阿尔克曼的《少女歌》当中。这些表征在其形式以及再现方式上都截然不同，其中一个表现是1960年代的爱欲关系中依然存在的非常中产阶级化的概念，夹杂着我们都可以想象的对同性恋行为的道德谴责。在我研究的个案中，部落成人仪式接纳了不对等的同性恋实践，借助"同性情谊"（homophilie）这个操作性概念（这是人类学对至今人们所误称的"古希腊同性恋"的重新阐释），允许以"同性"婚姻的方式举行从少年或少女到成人的过渡仪式。接着，正是在这个意义上，我至少试图为此论点辩护（如果不是证明），也就是说，不仅我们关于"性欲"（sexualité）的概念，而且我们关于"同性恋"（homosexualité

的概念,从严格意义上来说并不适用或几乎不适用于古希腊本土的种种爱欲(érôs)实践以及范畴。因此,在这里我们以一种决绝的方式引入了这一视角,就是把性别视为身份认同以及由社会和象征关系组成的关于性的人类学整体①。

培杨:那么,关于学术传统,您更认同哪些呢?

伽拉姆:关于学术传统的问题,20世纪下半叶的不同研究流派使现代学者可以重新描绘古希腊的文化版图。在此,我已经谈到了普通语言学,也提到了文化人类学和社会人类学。我认为,我们一旦谈到人类学也就会自然而然地谈到宗教史;我必须明确指出的是,自1960年代末以来,从文化人类学以及社会人类学的视角,我更关注的是功能主义人类学(我已经提到我对马林诺夫斯基的阅读)——这一人类学关注社会实践以及象征实践,但它也同样具有马克思主义的印记;同时,我也认为当研究特别涉及诗歌时,我们应当重视所谓的马克思主义或者至少马克思主义化的观点,也就是生产条件的概念。在1960年代末,我们全都或者至少我们中的大部分都受过某种形式的马克思主义思潮的影响。

以上是关于实践的讨论。那么"文本"呢?从普通语言学经由结构语义学,再到关涉文本句法以及话语形式的叙述

---

① C. Calame, *L'Éros dans la Grèce antique*, Paris: Belin, 2009 (3ᵉ éd.); 英译本: *The Poetics of Eros in Ancient Greece*, Princeton: Princeton University Press, 1999; cf. V. Sebillotte Cuchet, "Entretien avec Claude Calame. À la croisée des disciplines", *Klio* 32, 2010, pp.189-203.

学。在我看来——对此并不十分确信——具有悖论性的是，正是通过阅读格雷马斯的作品（这一点我已经提到过），以及同样通过阅读叙事学分析的初步纲要，我开始对神话进行结构主义式的研究，而这些研究方法已经由列维-斯特劳斯提出与阐明，并被马塞尔·德蒂安（Marcel Detienne）运用到古希腊神话中：我还记得《阿多尼斯的园圃》这本书初版于1972年，而在邻近的王子先生街10号，维尔南和他的合作者对正在他们楼顶上发生的这一切有些不屑一顾①。

　　我相信，具有决定意义的是，我把对结构语义学、对文本所建构的象征意义——这在文本里是同时重现和重构的，以便组织成话语表征——的兴趣与另一种兴趣结合了起来，这种兴趣针对文本的逻辑，不过不是存在于片段化的句子里，而是从整体上贯穿文本的逻辑。因此，我的兴趣可视为语言学尤其是话语分析与人类学方法的交叉。不同于马克思主义的视角与方法，我更倾向于从文本的特点出发，关注其陈述标记，思考这些标记所指向的陈述语境。从文本——理解为话语——出发，回到它的语境；我们并不是想要重构一个语境来解读文本，而是从原初语境来重构陈述条件，以此出发来阐释文本（而这一方法也正是我在《少女歌队》一书中采用的方法）。因此归根结底，从这一角度来看，我采用更多的是归纳法，而非演绎法；这种研究方法通过对陈述标志的整

---

① M. Detienne, *Les Jardins d'Adonis. La mythologie des aromates en Grèce*, Paris: Gallimard, 1972; 英译本: *The Gardens of Adonis, Spices in Greek Mythology*, Atlantic Highlands NJ: Humanities Press, 1977.

第四章　在语文学与人类学之间——克劳德·伽拉姆访谈录

合导向话语的语用层面。

显然，正是循着这一迂回的路径，为了从语用的层面阐释文本，我转向了虚构这一概念，特别是叙述虚构以及诗歌虚构的概念，比如poieîn这一概念。这一概念指的是以虚构的方式进行文化创作，也就是一种神话（muthôdes）——这一术语第一次出现在修昔底德的作品中[①]，但相继被不同的演说家使用，特别是伊索克拉底[②]。muthôdes从词源上等同于虚构（fiction）这一概念：一种虚构，诚然如此，但这种虚构是具有指涉性的虚构（如果大家同意这一矛盾形容法的话），以我们称之为"神话"（mythes）的诗歌叙事的形式出现。最近十年，我尝试重新界定"人种志诗学"（ethnopoétique），古希腊诗歌特别是歌唱诗和戏剧诗，被视为音乐表演中的仪式实践；在这种意义上，诗歌被视为一种实践，一种声音、肢体以及仪式化的实践，这再次把我导向了仪式以及宗教史。以这一方式，我认为我已经动用了所有我了解的人文学科的研究学派，这些学派是我进行研究的资源所在。

科琳娜·博纳（Corinne Bonnet）：接着帕斯卡尔的问题，我想问一个相关的小问题，这个问题您可以很快就做出回答：您有没有觉得自己已经还原或者研究的是单一的古希腊呢？因为帕斯卡尔的问题涉及单数的古希腊：这是哪一个古希腊？您怎样回答这个问题呢？

[①] 修昔底德，1, 22, 4.
[②] 伊索克拉底：《泛希腊集会演说辞》, 28。

伽拉姆： 我当然很清醒地意识到这里涉及斯巴达文化、雅典文化以及其他城邦文化——其中当然也包括公元前6世纪的莱斯博斯岛的文化——这些文化建立在一个万神系统之上，该系统包含具有特殊职能的神明以及地方性的英雄人物。所有的城邦—宗教文化都熟知自己的发展历程，当然它们也与邻近文化进行互动。虽然最初我被格里高利·纳什（Gregory Nagy）的观点说服，但现在我对泛希腊主义以及泛希腊主义文化与地方文化的对峙有所保留。诚然，雅典文化是存在的——伊索克拉底为其辩护，而他有理由这么做——但这一文化至少在公元前4世纪乃至更早的公元前5世纪时已经或多或少地成为一种泛希腊文化。不过，我认为在公元前4世纪以前，我们很难真正谈论泛希腊主义。毋庸置疑，史诗传统，也就是我们通过《伊利亚特》与《奥德赛》所知晓的荷马史诗传统，从某种程度上来说是泛希腊的传统。但是从别处看，例如歌唱诗人——我们能够在萨福的一些诗歌中找到证据——向我们展示了特洛伊战争的情节，而这些版本与我们所公认的"我们的"《伊利亚特》以及"我们的"《奥德赛》截然不同，也与现存的《塞浦里亚》残篇①截然不同。歌唱诗人的版本源于地方性的传统；在每个版本中，它们都与诗歌的陈述环境相契合，与在特定时空集合的公众所代表的城邦文化相契合。同样，在人类学范围内，人们也开始感觉到，依靠口述传统的文化具有历史性。全球化强调了变化的活跃性，"冷社会"和"热社会"的区分不再站得住脚。

---

① 译按：Kypria，或译作《塞浦路斯之歌》，为歌唱特洛伊战争的《特洛伊史诗诗系》第一部。

博纳：谢谢您的回答。

伽拉姆：尼科尔·罗侯（Nicole Loraux）已经提到了这一点，也就是说谈论单数"古希腊男性"是没有意义的，但我对谈论复数的"古希腊思想"或者复数的"希腊人"也有所保留：首先，我们至少要把"古希腊人"这种称呼改为（复数的）古希腊男人与（复数的）古希腊女人，比如，欧里庇得斯悲剧中女性扮演的重要角色。从这个角度看，如果我们只谈论（单数的）古希腊思想或者（单数的）古希腊，这在我看来无论从地理学的视角还是从历史学的视角来说都是十分困难的。我们已经看到不同的"唱诗文化"因为互相接触和互动而不断演进。这涉及一个跨文化网络，或者是因为那些远游的诗人或者那些为其他城邦作诗的诗人，比如忒拜的品达。我认为网络的意象（如今这个意象很流行，我们知道个中原因），自然比那些大而化之的概念更合理，比如"希腊""希腊人"或者是"希腊思想"。

博纳：我还想提一个问题，是关于您那本讨论昔兰尼的奠基叙事的书，即《神话与历史》。在这本书的副标题中，您强调了"象征的"这一术语。您没有进一步解释为什么选择这个词，而我很希望知道，在您所提出的各种概念以及方法当中，象征的维度处于何种位置。

伽拉姆：这是一个复杂的问题。而我所关心的人类学对象主要就是指文化表征,我认为,从广义上来说,这些表征都属于象征的维度。从更具体的层面来说,我在品达的诗歌创作中尤其是他的隐喻手法中看到了象征过程的运作。因此,我在阐释以仪式表演为目的的诗歌文本时,发掘了"同位元素"(isotopies),即那些激活诗歌并组织语义学元素的语义学主线——我通常透过一系列隐喻来发掘它们。至于您所提及的研究,也就是昔兰尼殖民化过程的在叙事里的再现,这主要表现在《皮媞亚竞技颂歌Ⅳ》的"土生土长"(autochtonie)的主题中(对一块具有生育力的土地的隐喻化处理),《皮媞亚竞技颂歌Ⅸ》涉及作为农业生产力和人类繁殖力隐喻的婚姻,《皮媞亚竞技颂歌Ⅴ》叙述的是英雄化的过程(先是叙事性的,后来是仪式化的),而诗歌自身的表演也参与其中。我认为,在象征的层面上,人们所依据的是本土的价值观以及表征行动;当然,也可以为图像做出同样的解释。

培杨:这让我想起了您所分析过的一组有关象征过程的材料,主要体现在《忒休斯和雅典想象》一书中,您为此撰写了几十页文章。我们可以把您的研究称为与"象征"维度相关联的文化过程的研究,这种研究不正使您与纯粹虚构事物和纯粹历史的、"现实主义的"对象处于同等距离吗?在这两者中间,或者在这两者的交叉处,有一种过程处于虚构之外,但也远离所有现实主义的要求。实际上,象征的过程与两者都有关联。至少我阅读您的文章时得到这一印象。

伽拉姆：我正要明确地解释这一点。我根据当前的关注点，特别是概念层面以及意识形态的关注点，来研究古代文本，也研究我们所面对的文化，包括古代、现代或者当代的文化。我渐渐地从研究虚构中的事实性和虚构性问题转向了研究象征形式，特别是话语问题。正是通过这一方式，从文化背景出发，通过作为"创作"过程的"虚构"这一概念，我获得了指涉性虚构（fiction référentielle）这一概念，但在《记忆的诗歌实践》一书中，我强调了古典希腊的poiètès和poiein这两个概念，从一开始蕴含的创造的意义最终获得了象征性创造的意义，这一意义甚至可以被运用到历史编撰学的领域：用来生产与传播不同形式的集体记忆所创造的文化与象征作品；这一多形态的文化记忆永远处于变动之中，并以由语用学元素构成的话语形式为载体。总之，研究对象始终保持不变，而研究的视角可以进行微调。

克莱蒙·贝尔多（Clément Bertau）：我希望向您提出三个问题。第一个问题关于神话的范畴及对它的解构，而您长久以来都在探讨这个问题。第二个问题涉及跨学科的问题。我们可以见证，今天的学术界存在双重的驱动力：高度专业化以及研究对象的碎片化。在您看来，从逻辑上讲，跨学科的研究方法能够补救人文学科以及科学领域出现的上述现象吗？跨学科研究方法能够被视为人文学科研究对象复杂性的反映吗？第三个问题也是最后一个问题虽较为次要，但与您研究生涯中的重要时刻密切相关，它涉及您在1981—

1982年冬天进行的人类学研究。这是一项您在巴布亚新几内亚的塞皮克河(Sepik)的田野调查,调查的区域处于艾布拉姆人(les Abelams)和伊塔木耳人(les Iatmuls)之间——如果我的信息正确的话,因为他们在成人仪式中的割皮行为,我们有时把他们称为"鳄鱼人"。随着时间的推移,您认为这一田野调查的经历激发了您的学术想象吗?我是从积极的意义上来谈论这种想象力,也就是从经验的方面来激发理论概念的能力。仅举一个例子而言,您对象征生产的实践层面的关注,能否催生一种更加"具有活力的"研究范式?

伽拉姆:您的第一个问题是关于神话以及我对神话和历史之间关系的看法,其中我想谈一个大体上的观点,因为我在其中花费了十年的心血,在不同的研究中都探讨了这个问题:这就涉及翻译问题,或者更确切地说,涉及我所谓的"跨文化翻译"的问题。就古希腊而言——这也和帕斯卡尔提出的第一个关于形象建构的问题密切相关——人们是与这样一种文化打交道,它的整个文化表征,无论从空间上以及时间上都远离我们。我必须指出,从人类学的观点来说,我们与古希腊文化的关系根本上是非对称的。人类学的关系从某种程度来说总是非对称的,甚至当这一关系已经从殖民主义关系——为了我们自己的利益而探询其他文化——中脱离出来以后。但当涉及古希腊男性与女性时,就不同于针对现存的传统社会进行的田野调查,很显然,因为在这里没有对话的可能,也不存在一种可以根据我们获得的答案重新定位以及转换研究视角的交流。

因此,在我看来,我们不得不设立一些操作性概念,涉及从定义上就是非对称的跨文化翻译。但我们也有必要在面对给定的学术概念工具时保持批判的态度。无疑,这里有自相矛盾的一面:人们需要一种概念工具,而这些概念通常也是翻译的操作工具;但此外,我们知道这些工具是我们的工具,因此它们也强调了人类学关系中非对称性的特质。在这一意义上,它们应该接受批判。这就是我试图对现代"神话"(mythe)概念做出的研究,这也是我为"抒情诗"(lyrique)问题所做的工作(对于"抒情诗"这个概念,我已经说过,我更倾向于使用古希腊的 mélos 这一概念,因为它涵括了所有的实践以及仪式化的诗歌形式,通常指歌队吟唱的歌唱诗,与人们直抒胸臆的抒情诗概念相去甚远)。其中有意思的是,在非区别性(étique)和区别性(émique)的对立以及西方理论化的概念以及本土概念的对立中,我们发现本土文化本身,也就是我们视为批判对象的本土范畴或本土概念本身。借助"虚构"(muthôdes)这个概念,古希腊历史学家和哲学家不仅提出了历史真理的价值问题,也提出了我们包含在神话范畴里的"古事"(archaia 或 palaia)的道德真实性问题[①]。

关于跨文化翻译的这些操作性概念,我还想提出另一点,它们从某种程度上来说有着比较意义,也就是说,在人类学或者在宗教史中,我们总是趋向于摆出我们自己的概念——

[①] 请参看拙著 *Mythe et histoire en Grèce antique* 一书的前言。

比如"神话""禁忌""神意审判"以及"过渡仪式""部落成人仪式"等——一种普世化的价值把这些概念本质化并让其归顺一种异文化，而它们本身只是一些操作性概念而已，从某种程度上说，它们也和特定的时间、空间以及特定的学术文化相关。神话这一概念，在20世纪七八十年代的结构主义运动中显然与克利福德·格尔兹（Clifford Geertz）人类学中的神话概念截然不同。

接下来，我们要谈谈跨领域的研究方法——这是您提出的第二个问题——我试图置身于话语分析（特别是诗学的）、陈述程序以及具有突出历史学特点的文化人类学的交叉处。从学科角度来看，这一交叉也伴随着对更加技术化学科的需求，这些学科与文本问题密切相关：作为确立文本实践的语文学以及方言学——您深知从方言学的角度来看，品达的诗歌以及歌唱诗为我们提供了与公元前5世纪雅典地区的希腊语截然不同的形式，其他还涉及格律学、纸草学以及符码学等等。显然，这会引发对知识的实践问题的讨论，即如何使不同的学科交叉，一个充分的理由是，就像萨福诗歌的格律分析这一极其技术化的问题，对诗歌在特定陈述条件下的音乐表演这一人类学问题有着重要影响。格律节奏使我们回到舞蹈动作，无疑体现了诗歌语用学的一个根本层面。

这也涉及一个体制方面的问题，而我在过去以及现在指导博士论文时依然很关心这个问题。因为归根结底，跨学科的交叉研究并不与"法国国家科学研究院"（CNRS）提出的范畴相符合，也不符合"法国国家大学委员会"（CNU）的标准，而我自己也面临如何处理那些材料的问题,它们被剥离出历史而被划归为文学,或者被剥离出文学被划归为古代史或宗教史——对此您当然深有体会。这些都是为了说明,认识上的问题也有体制层面的影响,而我认为,当我们与博士候选人一起确立一个研究课题时,也应该考虑学科归属的问题,尽管我们需要打破不同领域的隔阂。

同时,我也见证了20世纪七八十年代人文学科空前繁荣后,人们在1990年代对理论的不信任或者保留态度,这一现象特别出现在年轻的一代中——也许解构主义、后结构主义或者盎格鲁—撒克逊人所谓的"法国理论"具有的沉重感对此有所影响。从此以后,我们很难展示一种跨学科或者交叉学科研究方法的正面影响力。我们应该展开一项研究,考察在新世纪的转角,人们对方法论、认识论以及人文学科理论反思的不信任态度。出版社对此也感到如坐针毡:在人文学科领域,特别是在人类学领域的出版物,其印刷量已经从1990年代的两三千册降至500册,甚至更少。其中涉及的因素,根据我的判断,是人们对政治领域以及道德领域的疏离态度,还有由新自由主义意识形态的垄断而导致的社会学思想的退潮;这一盎格鲁—撒克逊的自由主义不仅渗透了经济领域,也导向了以自私的个体资本主义为准则的对社会问题和文化问题的思考——而这一现象已经持续了二十几年。可以算作一次意识形态的转向。而与我们所以为或者所期望的相悖的是,2008年的金融危机并没有改变什么,反而使矛盾更加突显。

现在，该谈谈田野调查了。我在巴布亚新几内亚的巴林贝伊村（Palimbeï）曾做过一次田野调查。之所以选择萨皮克河，有以下两个原因。第一个原因与人类学相关，因为我知道这个地区的人们依旧举行部落成人仪式。这些仪式的一部分也涉及年轻女性，形式是举行伴随着月经初潮的青春期仪式，而年轻男性的仪式依然采取集体仪式的形式。这些仪式与我们的部落成人仪式概念一致。这一田野调查也与我启动研究项目《忒休斯和希腊想象》相关，它被视为《少女歌队》一书的男性版本。我不能一直做书斋型学者：最终，这里涉及某种比较人类学，虽然它们的历史和地理距离相隔甚远；我们必须在田野调查中与这一文化直接相遇。

另外还有实践上的原因。一方面，我与巴塞尔的一个民族学研究班长期保持联系，这个研究班经常招收研究塞皮克(Sepik)河边伊塔木耳(Iatmul)两三处村落的博士生。因此我都得以从他们的研究工作中获益，对相关群体和文化有事先的了解。此外，我所获得的书本知识让我了解到成人仪式在赛皮克河岸地区依然存在。另一方面，这涉及一个更加具体的理由，涉及这个地区人们所使用的——至少那些年轻人——洋泾浜语言。在三个月的田野调查中，我并不需要了解伊塔木耳语，这一洋泾浜语言使我可以与当地人交流。最后，这次田野调查的经历——也就是从您所提出的问题来说——为理论概念提供了鲜活的内容；在这次田野调查前，我已经意识到了理论概念只是我们的思想工具。后来，它们成为我进行跨文化翻译的工具。

第四章 在语文学与人类学之间——克劳德·伽拉姆访谈录

从语用学和实践层面来说,我在仪式前有一种奇怪的感受——当然,我不能追踪整个过程,只能提及其中的一两个阶段。首先,我必须明确指出,作为研究对象的年轻人也接受由殖民势力引入的学校教育。这些教育制度由基督教传教士强行推行,目的在于保证独立后能继续由巴布亚人自己推行。这让我想起了对瑞士的年轻人强制推行的服军役制度。一个人十九岁时就来到了位于户外、有明确界限与组织的新兵学校,带着作为年轻学生所受的训练、公民身份以及青少年时期的易感性,又被庄严地授予印有白十字的红袖章、荷枪实弹(可以带回家),此时,他一定会同意承担与此相符的象征性角色以及高度系统化的训练。从表面看,一切对他来说都很陌生;但一旦意识到其重要性,他就会接受这个具有仪式感的角色。我很希望做——但不幸的是,现在还没有机会——关于通过穿戴制服以及表达相关的话语,来协调军队生活的仪式感以及节奏的研究。最终,军队生活总是由强加的规定、话语形式以及有节律的训练构成,而这一切让我想起了人类学研究中的仪式化实践。新兵营提供了一种训练,与你在四个月期间所获得的身份相一致,具有强烈的成人仪式色彩。虽然对帕林贝伊(Palimbei)与皮耶尔(Bière)的军队训练场进行比较可能会流于表面,但是在我看来,集体训练以及仪式实践对一种"人类学—诗学"(anthropopoiétique——这是一个我与其他几位学者一起创造的操作性概念①)意义上的训练具有重要作用,无论他们的导向以及功能如何。

然而,当我们从朱拉山脚再回到萨比克河岸,让我吃惊的是,在伊塔木耳人和在阿贝尔兰人(Abelam)中间,我面对那些最基本的实践问题时立刻感觉到了一种相似性。这为我提供了一种相对来说直接的交流机会,当然这些都建立在情感、好感(或者反感!)以及性吸引上,也是一种由共同的情感带来的语言交流机会,即使我们之间存在着巨大的文化以及社会差异。陌生感和熟悉感共存,这非常打动我,从某种程度上来说,让我感到很欣慰。最近在巴黎发生的社会科学高等研究院集体支持非法移民工人(大多是非洲人)罢工的事件让我重获这种感觉。

博纳:我想谈谈比较主义的问题,这一问题在您的著作中占据重要位置。在我看来,这一问题贯穿了您的研究生涯以及您所有的研究著作。首先,我们看到了一位活跃于瑞士、汉堡、巴黎、伦敦和意大利的年轻研究者。正是多样化的研究传统丰富了您的思想。我们阅读您的著作时,有一个大概的印象,就是您的比较主义来得自然而然,因为您已经习惯于穿梭在不同的研究方式当中。在您1977年的研究成果——《少女歌队》一书里,您已经在仪式分析中,针对比较研究的

---

① Francis Affergan, Silvana Borutti, Claude Calame, Ugo Fabietti, Mondher Kilani, Francesco Remotti, *Figures de l' humain. Les représentations de l' anthropologie*, Paris: Editions de l'EHESS, 2003.

第四章　在语文学与人类学之间——克劳德·伽拉姆访谈录　115

方法有所论述。因此,从一开始,比较研究的方法就已在场,它所参照的是列维-斯特劳斯。在当时,您认为"从方法论来说,列维-斯特劳斯所定义的结构主义分析,提供了一种最可靠的研究方式来保证比较研究方法的严谨性"。与之相对的是安吉罗·布来利希(Angelo Brelich)——《少男与少女》(*Paides e Parthenoi*)一书的作者——的比较研究方法,1971年在您博士论文发表之前,您的一篇长篇的书评强调了两者的差别①。安吉罗·布来利希当时是罗马"历史—宗教"学派的领袖之一;在他讨论希腊的paides("少年")与parthenoi("少女")一书中,也谈到了部落成人仪式。那时,您把布来利希的研究方法描述为一种历史学的研究方法,而您更推崇一种结构主义的研究方法。您在《忒修斯和历史想象》一书中对比了古希腊成人仪式与部落成人仪式,揭示了两者的关联,以及它们之间的相似点和差异。因此,关注差异具有本质性的意义,我们应该注意——而比较研究工作的意义也正在此——如何在进行比较研究时避免将某些概念本质化以及归化,特别是"神话"和"仪式"的概念。

然而,您多次提到了这一点,特别是在您那篇发表于《克尔诺斯》(*Kernos*)杂志的精彩文章:《古希腊的"神话"与"仪式":作为本土的范畴?》②。比较方法作为一种工具使我们避免了将现代范畴投射到本土范畴的危险,也使我们抵挡了把

---

① C. Calame, "Philologie et anthropologie structurale : à propos d'un livre récent d'Angelo Brelich", *Quaderni Urbinati di Cultura Classica* 11 (1971), pp.7-47.

② C. Calame, "'Mythe' et 'rite' en Grèce: des catégories indigènes?", *Kernos* 4 (1991), pp.179-204.

本土术语（在这里指的是古希腊）等同为我们自身术语的诱惑。2006年，您和玛雅·布尔盖合作出版了《对比较主义进行比较》①一书，提出了一个重要观点，也就是存在着不同的比较范式，不同的比较主义，并在2012年与布鲁斯·林肯合作出版的著作——《比较古代宗教史》中阐明了这一信念②。在该书的"导论"中，您立场鲜明地提出，从根本上来说，从希罗多德以来，人们就开始比较，甚至很有可能的是，在希罗多德之前，人们已经开始比较。对印欧世界感兴趣的语言学家在各个印欧文化之间进行比较，例如弗雷泽的《金枝》；而20世纪的宗教历史学家也热衷于相互间的比较研究，比如拉斐尔·贝塔佐尼、安吉罗·布来利希、瓦尔特·布克特、马塞尔·戴地安、维尔南、杜美齐尔以及列维-斯特劳斯，等等。简言之，这些不同的比较研究实践，有的具有历时性，有的具有共时性，有的属于发生学，有的属于类型学，还有的偏重功能，让我们看到比较主义从根本上来说都具有实验性和探索性的特点。因此，当学科区隔威胁其生存时，我们必须为比较研究辩护，甚至为其平反。从这一角度来看，您已经促使我通过"比较的三角"这一意象重新反思比较研究。您能否再谈论下这个问题？在您看来，列维-斯特劳斯的比较主义在今天依旧是与您一开始所确认的"比较主义就是结构"的出发点相一致吗？

---

① C. Calame, M. Burger (éd.), *Comparer les comparatismes. Perspectives sur l'histoire et les sciences des religions*, Paris: Milan, Edidit-Arché, 2006.

② C. Calame, B. Lincoln (éd.), *Comparer en histoire des religions antiques. Controverses et propositions*, Liège: Presses universitaires de Liège, 2012.

第四章　在语文学与人类学之间——克劳德·伽拉姆访谈录

伽拉姆：首先，我要感谢这些经历：我当然很感激这些不同的阶段。我几乎忘了《乌尔比诺大学季刊》(*Quaderni Urbinati*)杂志中针对《少男与少女》(*Paides e Parthenoi*)的那篇书评。我在乌尔比诺大学访学时，在罗马已经结识了安吉罗·布来利希。那时我已经专注于我的博士论文题目，即古希腊少女歌队的问题，而我也想以部落成人仪式的视角来考察这些歌队以及仪式活动，也就是在那时我了解到，布来利希也在研究古希腊年轻人和青少年的问题。因此，我与他会面，而他把自己一部分的手稿借我披阅，这使我得以重新定位我的工作。那时《少男与少女》已经出版，而我在《乌尔比诺大学季刊》发表的一篇书评中反对他的观点，以一种建立在结构主义人类学之上的比较研究方法（我的《少女歌队》一书对此会做出阐发）来反对历史宗教学的视角，也就是您刚才提到的布来利希的"storico-religiosa"①视角。此外，我间接地获知，他对这篇书评非常反感，因为他过去曾强烈反对结构人类学的共时性观点。就我而言，在我思考和研究工作的第一个阶段，我深受列维-斯特劳斯的启发，也采取一种共时性的视角，而有别于历史研究方法，因此并不是历时性的，这是结构主义研究的基本原则之一。同样，马塞尔·戴地安对神话的比较研究也采取了共时性的视角，特别是在《阿多尼斯的园圃》这本书中，历史层面以及为人所熟知的话语形式都不在被考虑的范围之内。

---

① 译按："历史宗教学的"。

在《少女歌队》一书里，凡涉及神话分析的地方，都由我自己把不同的神话版本叠加起来，既没有考虑它们的陈述条件，也没有考虑它们的历史性。在《忒休斯和历史想象》一书里，我采取了结构叙事学的视角，从普鲁塔克的《忒休斯传记》（其中援引了一些故事的不同版本）出发，共时性地进行探究，这体现了该书的不同寻常之处，甚至可以称之为一种失衡；为了研究与这些故事具有溯源关系的崇拜仪式，我采取了颇具结构人类学色彩的宗教史学的研究方法。但是，当研究涉及雅典城邦及其历史时，即公元前6世纪至前5世纪忒休斯的传说以及相关仪式在雅典的发展，我意识到我们不应把历史的层面悬置起来。因此诞生了最后一章，但实际上，我应该从这一章开始我的研究工作：这一章在历时性的研究中对不同的神话版本采用了比较研究的视角，其中包括最早的版本，包括我之前所审视过的忒休斯一生的不同故事片段，它们如何与古典时期雅典的政治及文化语境相关联。

后来，我从事了更加具有理论化的研究工作，相继与玛雅·贝尔盖和布鲁斯·林肯一起出版了相关书籍，目的在于表明比较有各种不同的方式，而每一个比较方法都可以具有生产性，只要这一比较采取了区分性的研究方式；这一原则应该应用到所有的比较研究之中。这也就意味着，在研究伊始，人们采取的是表面上的类比，但实际上不能将被比较之物归化或者普世化；从类比出发，比较研究将会在比较者与被比较者之间的交锋与对比中指出各自的特点。所以，历史学的视角也很重要。这也正是伊斯兰研究学者卢赛特·瓦兰斯（Lucette Valensi）所维护的观点,她在《年鉴》关于比较研究方法的一期中撰文回应马塞尔·戴地安的《比较不可比较之物》[①]。不过,我并不像她那样,认为一定要考虑地域邻近性的问题。

正是从这一角度,我有了"比较的三角"这一想法(而我已经将其发展为"比较的多角")。当我研究神话的概念或者部落成人仪式的概念时,在我看来,在所有的比较研究中,都至少涉及三个主角:将被比较者(comparandum)、被比较者(comparatum)以及主体——比较主体(comparans),也就是说那个进行比较的主体。这一反思使我开始思考我们对比较研究的看法,特别是这个比较三角的顶尖,即"比较主体";正是通过与异文化的比较,我们对自己感兴趣的文化即古希腊文化采取了一个偏离的视角。我们所采取的这一视角让我们重新审视自己的实践以及自己的文化,这涉及禁忌、仪式以及神话等等,从更广泛的意义上来说,我也关心我们存在于其中的社会、经济、政治以及文化范式。总而言之,这一比较的视角已经成了一种反思或者自我批判的方法,使我们来反观自己在此时此地(hic et nunc)的政治介入行动,也就是古希腊语意义上的"政治"(politique)。毋庸置疑,这一批判的视角让我在面对研究机构以及不同学科时总是甘愿处于游离的位置。

(范佳妮 译)

[①] M. Detienne, *Comparer l'incomparable*, Paris, Le Seuil, 2009 (1ʳᵉ éd., 2000). L. VALENSI, "L'exercice de la comparaison, au plus proche, à distance: le cas des sociétés plurielles", *Annales HSS* 57, 1 (2002), pp.27-30.